I0630173

O caminho até a Maga

Carola Castillo

*O caminho
até a Maga*

Copyright © 2019 av Carola Castillo.

Todos os direitos reservados, incluindo o direito de reprodução total ou parcial deste livro através de qualquer mídia digital ou impressa. Para mais contato com informações DC Media and Communications, Inc através do seguinte email:
books@carolacastillo.com

Publicado pela DC Media and Communications, Inc

Tradução: Tatiana Hedeke

ISBN 978-1-943083-14-5 (ebook)
ISBN 978-1-943083-15-2

CAROLA CASTILLO®

www.carolacastillo.com

Para minhas avós Celia e Cristina.

*Para Anita, a mulher que
manteve minha mãe com vida.*

*A transmissão de uma ferramenta
para crescer desde o espírito deve
ser de coração a coração, de um ser
humano a outro em palavra e energia;
uma religião muito pessoal.*

*Sem um guia – ou Mestre – não pode
existir relação ou aprendizado.*

*Deve se estar apaixonado
pela fonte para conhecer realmente
a magnitude da sede.*

A Maga

Venha para o meu mundo sem medo;
eu o transformo em prazer.
Deixe que te leve desde o naufrágio
oculto à alegria universal.
Estou na essência além das forças
opostas com capacidade de despertar.
Meu mundo se origina no invisível
para que você siga seu coração.
A Natura é minha aliada, aí está a origem
das tempestades e dos ventos.
Deixo que meu corpo repouse ao lado da minha mente;
assim posso estar adormecida e desperta.
Sou imortal, pois a verdade em você nunca morre
até que se encontre segura.
Eu sou a Maga, sua Maga, a que você
buscou e que agora te encontrou.
Posso ver tudo e sempre sei tudo,
pois não me engano.
Não existe o tempo; tudo é revelado sem finais.

Do cosmo...

Glossário

mago

ma·go

sm

1. OCULT, ANT Entre os medos e os persas, influente sacerdote zoroastra, que estudava os astros.

2. REL Cada um dos três reis que, tendo como guia uma estrela, foram a Belém adorar o recém-nascido menino Jesus.

3. Aquele que sabe desenvolver e empregar os poderes mágicos e fazer adivinhações; bruxo, feiticeiro.

adj

FIG O que encanta e fascina; encantador, mágico, sedutor.
ETIMOLOGIA gr mágos, via lat magus.

PRADO E SILVA, Adalberto; MICHAELIS Henriette. Dicionário Michaelis. Melhoramentos, 1998.

MAGO ma-go Sm

1. pessoa que se presume possuir poderes mágicos; feiticeiro

2. ilusionista, mágico

3. astrólogo; adivinho

BORBA, Francisco da Silva. Dicionário UNESP do português contemporâneo. Editora Unesp, 2005

ma·ga *(substantivo feminino)*

1. Mágica, feiticeira.

2. [Pesca] Tripa de sardinha para isca.

Palavras relacionadas: mago, magismo, arquimago, mágico, reisada, reisado, pireu

ma·go
(latim magus, -i, do grego mágos, -ou.)

substantivo masculino

1. Sacerdote da religião de Zoroastro ou Zaratustra.

2. [Por extensão] Mágico, feiticeiro.

adjetivo

3. [Figurado] Encantador, muito bonito; fascinador.

4. [Religião] Diz-se de cada um dos três reis que adoraram a Jesus Cristo recém-nascido.

"maga", in Dicionário Priberam da Língua Portuguesa [em linha], 2008-2013, https://www.priberam.pt/dlpo/maga

Dedicatória

Aos que me deram a vida e a fonte da magia.

Corpo, mente e espírito, que conseguem ter um nome nesta volta.

Aos irmãos mais velhos – todos – e, especialmente, aos que me mostram o legado que está escrito nas pedras.

Aos Magos e Mestres mais velhos, muito em especial a "você" e a seu legado infinito, que me ensinou o caminho até a Maga.

Aos eventos que me fizeram crescer para poder estampá-los neste escrito.

Às pessoas que na luta fizeram eu me render diante da verdadeira revelação.

À Mãe Terra, que me nutriu nas tempestades das palavras.

Aos companheiros de caminho, os autênticos, que me conduziram nas horas violetas quando sorvíamos do cosmo.

Aos homens e mulheres que me amaram sem saber que eu os amava.

Aos desenhistas, que em sua paleta de cores pensaram que eu teria uma tonalidade.

Aos filhos que levam a vida e as histórias.

Aos iniciados que tornam a magia possível.

A Tatiana Hedeke, uma Maga do caminho.

"O encontro"

Quando cheguei, já estava sentada ali com sua costumeira calma. Havia um silêncio tão abençoado que te deixava navegar em direção desconhecida, sem que importasse o modo ou a causa. Sempre admirada, mulher mágica dos meus dias. Pele rosada do entardecer. Lua oculta e enigmática.

Tínhamos conversado várias vezes em pessoa; algumas outras por telefone.

Entretanto, este encontro, ainda mais íntimo, fazia com que esbarrasse no perigo de me achar especial. Sabia que meu assunto sempre foi minha arrogância e soberbia de me achar o tempo todo melhor que os demais. Isto sempre me manteve longe da realidade e do fluir constante da vida. Uma teimosia de não querer enfrentar a vida e sua força sempre me arrastava para lugares que me deixavam aberta para fazer trabalhos forçados diante da luz.

Estava a ponto de empreender uma história, um legado ou uma transferência de algo que ninguém adquire sem mais nem menos. Estava a ponto de conhecer um raio de vida cheio de alma e sabedoria; algo que, ao concluir estas linhas, será para que você tome o necessário e urgente, como eu fiz.

A Maga se perdeu no universo do mundano e do cotidiano, uma mulher que ao somente olhá-la – escutá-la – faz seu coração tremer. Você sabe que tem algo que não é deste mundo; entretanto, sua simplicidade te transporta para lugares tão distantes quanto a própria vida. Compartilhar esta travessia a seu lado foi um grande presente. Que me permitisse respirá-la, mais do que questioná-la, mudou a direção da minha vida, sua dimensão e a forma como hoje em dia consigo calçar meus pés sobre a terra.

"A vida sim existe". A Maga e sua presença são como gentilezas que te dão forças desconhecidas; revela seus mistérios e enigmas na medida em que teus sapatos possam suportar o caminho.

- Ela vem dali, dessa casa – como ela promulga – e que todos buscamos fora.

- A casa que está à espera de ser revisitada e se encontra em cada um de nós, esperando para nos dar todos os seus tesouros.

Combina-se entre xamãs, sábios e forças poderosas, as quais respeita e se deixa levar sabendo o risco que corre.

- A Mãe Terra é o ponto cardeal de seu olhar; assim determina a direção de seu caminhar. Esta esfera em movimento me concedeu o espaço de compartilhar, de abrir meus olhos para outros caminhos -. Às vezes revelava sua essência e permanecia por mim para poder captá-la. Podia ver "o todo" enquanto eu pretendia aguardar em um canto, surpreendida.

- Alguns dias foram muito tempestuosos em meu ser -. Ela sabia de cor minhas faltas de alma.

Reunir-me com ela era um projeto como início; indagá-la, encurralá-la, prossegui-la para tomar dela o que era importante no meu interesse. Entretanto, entre portas de entrada e saída, sem suspeitar que na busca possam ser reencontrados fantasmas que aguardam para ser revisitados, o curso dos ventos mudou, giraram o bote da minha alma e, sem aviso de correntes perigosas, acabei solitária em uma ilha comigo... Como náufraga moribunda, faminta de alma e sem mais me fazer de distraída, tive que reinventar a vida, - minha vida -. Aprendi sobre as noites que te guiam para a luz. O valor das estrelas e conhecimento da magia universal.

Por muito tempo a amei como o maior amor sobre a Terra; outras vezes a odiava ao me ver frustrada e confrontada com minha própria realidade.

Ela, sem te mudar, te muda. Sem te tocar, te enreda nas palavras desconhecidas chamadas amor, compaixão, força. No final e sem alternativas, você somente sente satisfação, inclusive com a dureza que emprega para te despertar.

Ainda não consegui compreender se o que você está a ponto de ler é uma história, um conto ou talvez a abertura de um caminho iniciático. Esse é o efeito que ela alcança, já que nada se parece com o que você pensa ou pôde acreditar.

Muitas vezes me levou a esperar em silêncio, para que eu decidisse o que era obrigatório empregar nas palavras.

Às vezes somente me olhava e, simplesmente, me conduzia para suas águas revoltas dizendo: "O que você quer de mim?", uma pergunta que me levava a um abismo eterno e a um sem-fim mais eterno ainda.

Agora que estou nos passos prévios para começar meu relato, sinto vontade e esse medo que se parece com sua presença. Talvez respeito algo que não se pode entender e que, com desespero, todos nós buscamos. Revelá-la ou pretender estampá-la é o caos mais absoluto para quem pretende advinha-la. Entretanto, consigo fazer isto quando tento.

Meu conselho é que você se deixe levar por estas letras. Elas podem chegar a ter sentido nos lugares que ainda nenhum de nós conhece desde a mente.

Permita-se diante do fluxo das ondas que a Lua cheia celebra sem saber o porquê. Deve-se ser compassivo com uma história que pode se transformar em um caminho medicinal de vida.

Permaneça; seja constante; dedique-se; realize algo com fervor; sorria a cada segundo da vida. Tenha consciência de onde vem, do que quer e para onde vai.

Assim me deixou esta mestra Maga do Universo, quando cada uma pôde colidir sem querer com o caminho já traçado pelas estrelas e o cosmo.

Dedico este livro ao encontro das horas com ela, que agora são séculos de vida. Onde for que estiver, estará fazendo das suas para levar a magia que a consagra em cada lugar.

Disfarçada de algo terreno – usual -, confundindo o mais astuto que pretende fazê-lo acreditar que pode competir com o amor infinito que maneja. Deixa você viver com sua maior lição.

Se te chegam sinais em formas de penas, é ela. Se você escuta que o vento é capaz de falar, é ela. Somente observe com cuidado, no final todos os sinais sempre serão:

Ela.

Esta história é começar a viver na alquimia de sua presença extraordinária.

Que a Mãe Terra seja bondosa com o caminho que você está a ponto de iniciar.

"O caminho é feito ao caminhar"

Sou jornalista, docente e psicóloga; amante confessa das artes milenares que socorrem e curam o coração. Buscadora de buscadores. Nessas tarefas conheci a Maga em um dia qualquer dos anos mais importantes por vir.

Como esquecer quando a vi pela primeira vez na Alemanha: foi um solavanco na minha alma. Logo comecei a grande cruzada que depois foi difícil deter. Viajei para muitas cidades fora e dentro de meus limites internos e externos. Gostava, me preenchia, me mudava. Chegado o momento, quis tanto ou mais que comecei a desenhar propostas para obter algo mais dela. Por algum tempo soube reconhecer-me nos grupos de iniciados, me cumprimentava fria e distante. Minha alma se partia quando a escutava dizer-me: - Você ainda não fez muito e continua por aqui. Cura é cura, não se esqueça. Mexa-se antes que seja tarde -.

Queria fazer-lhe tantas perguntas e sempre terminava dizendo-me: As buscas são diretamente proporcionais aos vazios que tecemos.

Em alguns dos tantos encontros, tropeçamos nas instalações onde se desenvolviam as atividades. Olhou em meus olhos e me disse:

- Saia.

"Busque seu coração. Seja honesta". Ao terminar seu trabalho, o único que conseguia obter dela era um: "O que você quer de mim?". Foi assim como comecei a amá-la, porque nem eu mesma sabia o que queria de mim. Logo depois daqueles primeiros encontros, meu amor por ela não fez mais do que alargar os caminhos que estavam empenhados em ser abandonados. A menina não queria crescer, as feridas abarcavam meus horizontes e a irresponsabilidade de cuidar de mim me levou a levantar os véus que logo me fariam mudar.

Muitas vezes me conformava em olhá-la e adorá-la. Que fácil era ficar nessa comodidade, acomodar-se ali...

Parecia uma boba embriagada com sua presença; sua voz; a maneira como mexia as mãos; seus gestos; seu sentido de humor. Utilizava as ironias para esbofetear consciências. Muitas vezes, após essas demonstrações de inteligência e sabedoria, apenas conseguia dizer suspirando:

- Meu Deus, que ser!

Tive que convertê-la em minha estatueta. Minha mestra, guru e heroína: Tudo isso! Absolutamente tudo o que se quer conseguir em um instante e que não se pode alcançar, a menos que você decida abrir as fendas do coração para que a luz entre.

A Maga fazia intervenções muito poderosas. Minha preferida era "A utilização da pá". Quando alguém colocava resistência, dizia com muito amor e simplicidade:

- Amanhã quero que traga uma pá de cavar a terra, pois vou te ensinar a cavar sua própria cova. Faremos teu funeral e enterro. Aí saberemos então se você esteve de verdade viva ou brincando com a vida.

A resposta do grupo e a minha era quase imediata. O mais assombroso era a seriedade na pessoa a que tamanha tarefa tinha sido designada. A Maga sabia com quem, como e onde.

Enfim chegou o dia do encontro que eu mais ansiava e almejava. Sua próxima parada seria em uma pequena vila em um lindo lugar chamado Groningen, na Holanda. Em sua época de verdor, este lugar sobre a terra, os arvoredos e seus habitantes são adornos que remontam no tempo. A alma e a paz de Groningen podem ser vistas como um carimbo quando você chega ou se despede em sua estação de trem, onde milhares de histórias são resguardadas eternamente.

Neste lugar a Maga permitiu que se cumprissem minhas aspirações de voltar a vê-la e de presenciar sua autoridade. Em jornadas de trabalho intenso, dia após dia, encontrávamos a oportunidade de compartilhar muito perto dela o espaço onde poderíamos tomar um lanche, café e doces que tentavam preencher os vazios recém-descobertos.

Em um segundo de vida, ela conseguiu assaltar-me sem dar chance de me resguardar. Aplaquei minha ansiedade e busquei a calma que não queria aparecer. Olhou-me com seus olhos profundos, sem nenhum adereço. Senti que me convidava a abordá-la. Minhas pernas tremiam, pois pensava que suas palavras seriam exatamente as mesmas que nos encontros prévios.

Não obstante, com uma voz muito tênue e doce, me disse:

- Amanhã à tarde, ao finalizar nosso encontro, espero você na parte de trás deste lugar.

Fiquei petrificada. Aterrorizada, respondi:

- Maga, a única coisa que tem atrás deste lugar é um cemitério abandonado e muito antigo.

Seu olhar me disse tudo. Falava com gelo nas pupilas, esse que toma conta dos ossos e te deixa sem fôlego. Advertia dizendo-te:

- Siga lutando contigo. Você já irá compreender.

Baixei a cabeça e me rendi uma vez mais diante de sua força de compreensão cósmica. Minha estupidez de não saber o que era o respeito e o conhecimento seguiam fazendo a antessala de minha vida, que ainda duvidava da palavra "fé".

Não pude dormir essa noite. Minha cabeça dava voltas como uma roda-gigante abandonada e enferrujada, onde as crianças uma vez ficaram entusiasmadas de estar no alto, muito alto. Onde cada volta era uma oportunidade de subir, chegar e alcançar tudo. A emoção em meu estômago, com o mesmo susto da roda-gigante, silenciava todas as perguntas. Castigava-me pensando o afortunada e azarada que era por me reunir com ela. Martelava-me incansavelmente pressentindo que seria incapaz de saber quais seriam as melhores perguntas. Conceder-me um encontro em um cemitério. Por que ali? Voltas e voltas. A roda... O parque de diversões da minha própria vida.

Entretanto, minha petulância ainda cantava vitória em silêncio, sabia que era bom regozijar-se em sua conquista recém-perpetrada.

Dentro de mim, mil e uma vezes me dizia:

- No final, com insistência, você alcançará o que ninguém pôde conseguir.

Os sonhos, que almejamos, aspiramos e alcançamos desde as lutas e confrontos chegam a ser tão paradoxais... Este não seria a exceção.

Cheguei ao encontro transbordando sustos, lágrimas doces e solavancos. Perturbada, caminhava de um lado a outro praticando minhas falas, que tinha memorizado até me entediar.

- Bom dia Maga, já estou pronta para empreender o maior dos projetos que alguém tenha te proposto -. Repetia minha fala em voz alta, uma e outra vez, sem me dar conta de como pouco a pouco, ia socavando buracos na terra para me deixar cair neles. Os longos minutos começaram a transcorrer, as sobras do relógio de areia de meu coração preenchiam os buracos que meus pés abriam.

A Maga nunca chegava tarde a nenhum encontro. Era de respeitar seus horários e estruturas. Entretanto, para nossa reunião o pêndulo já se aproximava e começava a tocar, já me incomodava o tempo transcorrido. Começava a impacientar-me e minhas falas aprendidas desmoronavam no lugar onde nada era tempo ou palavra. Horas acompanhadas de milhares de minutos já eram minha sentença antecipada, ao ver que não comparecia ao encontro. Empenhada em pensar, me respondia que talvez, por ser um evento diferente em sua vida, estaria levando o tempo necessário, ou talvez me queria neste estado de loucura ao me fazer esperar...

Vozes estranhas se faziam entender desde o musgo das árvores guardiãs que acompanhavam os mortos e sua terra santa. Estou a ponto de renunciar, o medo toma conta de mim.

Maga, Maga, venha!

Consolava-me pensar que desta vez, por ser algo diferente ao costume, levaria o tempo necessário.

O relógio seguia sustentando a areia do caminho com um som em minha cabeça que mais parecia um artefato a ponto de explodir no meio da guerra.

Esperei com paciência e respeito, ela saberia por que me deixar em tão longa espera.

Devia confiar e esperar.

Já tinha aprendido que demorar em suas atividades era uma maneira de dizer que não apreciava seus ensinamentos. Fazendo isto repetidamente, a Maga te dizia sem compaixão:

- Você pode abandonar o recinto. Quem não é bondoso e respeitoso com a energia, deve esperar o mesmo em troca.

Cada uma de suas frases me impactava: - Quem não é bondoso e respeitoso com a energia, deve esperar o mesmo em troca -, repetia mil e uma vezes para mim mesma.

Assim me mostrava os planos pouco visíveis e me permitia saber que o céu estava na Terra. Tudo começava aqui, na vida. Logo, sem pretensões, se poderia alcançar o céu e suas dádivas.

Era lógico e simples: o Mestre sempre tem algo inesperado que ensinar ou transmitir. Ao se atrasar, você estaria afirmando que não valoriza o que lhe é transmitido. Se de verdade você tivesse uma boa razão para fazer isto, deveria ficar na porta, olhá-la com respeito, esperando o momento para fazer contato com seus olhos, baixar a cabeça e logo entrar em silêncio, sem alterar o curso do ensinamento. Se ela depois te dava a oportunidade, você teria que oferecer uma explicação, dar suas desculpas. Assim era como as coisas funcionavam. Ela sabia que os ensinamentos mais importantes tinham a ver com o respeito.

Ao contrário, se era ela a que chegava tarde, tínhamos que esperá-la com paciência, até por horas. Se você acredita que isto é injusto, é possível que não esteja o suficientemente maduro para sua grande arte. Nesta espera aprendi tanto... Sou agradecida por isto também.

Muitas vezes chegou tarde para seus ensinamentos, e não por horas, e sim por dias. Assim, os únicos iniciados que suportavam pacientes à espera eram recompensados ao receber os segredos. Era maravilhoso ver e compreender seu respeito e prosseguir desde cada coisa que se atrevia a entregar em ensinamento. Estar em sua presença com vontade; sem dramas; com boa postura; sem queixas, era algo que de verdade te fazia sentir digno de ti e dela. Inclusive, se explicava algo de que você já estava ciente, se mostrava respeito ao escutá-la uma vez mais. Algo estava tentando te dizer.

Se você precisava abandonar a atividade antes de culminar, podia explicar os motivos antes de sair. Assim se certificava de estar ciente de seus ensinamentos e te levava em conta com seus olhos no momento de partir. Sentia-se um adeus que ia contigo e o respeito para com ela.

Cotidianamente, muitos de nós temos o infortúnio de ver o Mestre ou facilitador nos esperando de manhã quando nos atrasamos. Ele é o que serve o café, conversa e ri conosco. Ao terminar, se despede de nós e junta o lixo que nós principiantes deixamos.

Eu gostava de sentir que a Maga era alguém especial, tão humilde que chegava por último; assim lhe dávamos um cumprimento de boas-vindas em grupo. O mesmo acontecia ao vê-la sair, todos, mais uma vez, nos despedíamos dela ao se retirar. Na realidade, todo este legado era propiciado pela Maga e era algo que te fazia sentir especial. Como um Samurai em treinamento nas artes do respeito, do amor e da força interna, sem subestimar a nada e a ninguém.

Muita gente a abordava logo após seus ensinamentos; ela, em sua tolerância intolerante, somente sorria. Alguns queriam apenas seu simples olhar; outros, seu amor poderoso e extenso. Afinal, esta mulher era algo tão maravilhoso de presenciar – e de sentir – que ninguém era capaz de resumir todos os motivos para querer tê-la o mais perto possível.

Muitas vezes pensei que não existia, pois se movimentava na velocidade da luz, como faria um raio fulminante de amor. Quando alguém te toca assim no pensamento, você fica sob um feitiço que te faz reconsiderar sua própria origem.

A espera continuava. Estava resolvida a dar tempo ao tempo, tudo o que fosse necessário por ela. Recordar o aprendido graças a seu legado fazia com que me acalmasse às vezes, dizia com força para mim mesma: "O que você aprendeu e para que serviu?".

Tinha que esperar mais, ainda que a noite se aproximasse. A neblina começou a ficar mais e mais espessa. Na verdade, o lugar já era de dar medo. Era quase impossível não conseguir escutar cada ruído daquele lugar tão solitário, senti como tudo se amplificava em meus ouvidos. As gotas começaram a cair sobre a terra ocupada e desconhecia a sensação de escutar uma música celestial ao lado das árvores guardiãs. Sentia-me como em um juízo final. Não sabia o que tinha feito para merecer essa espera – por tanto ou tão pouco – naquela locação descampada. Somente sabia que devia aguardar por ela com força.

Maga.

Enfim, logo após a longa espera, levantei o olhar distraída e vi que estava se aproximando. Pausada e tranquilamente começou a caminhar até onde me encontrava. Sua paz me agasalhava. Se pudesse ver um fantasma e ficar em calma, seria impossível pensar. Não duvidava de que fosse ela, sempre me fazia sentir que meu poder interno era possível em sua presença. Tinha que respirar e manter a calma, meu estado de ansiedade era óbvio. As falas retornaram a minha memória em forma de missão:

- Bom dia Maga, já estou pronta para empreender o maior dos projetos que alguém te tenha propos... -. Silêncio. Tudo ficou em branco, nunca mais soube das minhas palavras. Sua presença calava todo o falso. A olhei nos olhos e numa pancada senti como perdi a pele. Fiquei muda e o vento, ao se atrever a roçar minha pele, me fazia sentir que estava exposta a tudo, especialmente a ela.

Pouco a pouco foi se aproximando. Começou a acariciar as lápides com suas longas mãos descobertas no frio que molhava. O musgo que se negava a morrer tirava de suas entranhas um verdor luminoso graças aos últimos raios de sol. Sentia a fera me rodeando, me espreitava para que tivesse medo dela, me sentia assediada, cercada. Convidava e me seduzia na palavra para que caísse de bruços nelas. Assim, com um só golpe, me faria perecer no ataque. Aguardamos em duelo, pausa e muita observação. Quem queria morder primeiro? As feras se cheiravam e esperavam para atacar.

Desta vez pude me antecipar. Com muita cautela comecei a empregar sua própria arma mortal: o silêncio. Assim, por alguns longos e intermináveis minutos, dançávamos com olhares. A neblina brincava com o orvalho do lugar. As pedras, cultas pelo mutismo da sabedoria, se empenhavam em ganhar diante da visita de tanta mudez. No lugar onde tudo pode se fazer presente, escutei o "não silêncio", "a palavra sem feitiço", estava disposta a conceder parte de minhas pegadas e seu caminhar. Estava em sua presença e na dimensão das portas que podia abrir. Quando a olhei de perto parecia outra pessoa, não era a mesma que eu esperava. Pude ver em seu rosto uma pele pálida e fria. Talvez distante em outro mundo. Respirei.

Afastei-me uns passos, tive medo. Ainda assim quis continuar. Comecei a sentir a presença das coisas que rodeavam a Maga, sua magia estava diante de mim.

Fadas de tamanhos reduzidos voavam sobre ela, faziam luz enquanto ela piscava e sorria ao tocá-las. O vento começava a passear e podia tocá-lo como companheiro da espera. Os elementais lhe faziam gala. As árvores que acompanhavam nossos passos começaram a se transformar em verdadeiros guardiões. Homens de espantoso poder espiritual. A Maga já não estava sozinha no mundo do silêncio. Assombrei-me e estava impávida diante de tal acontecimento. Senti muita gratidão pelo que estava vivendo... Sentada e quase desvairando nas visões, se aproximou da minha orelha e com voz entrelaçada de palavras, continuou dizendo:

- Não vai ser hoje o que tanto aspira e deseja, você terá que esperar um ano. Aí você viverá sua verdadeira iniciação se quiser aprender de mim. Será a sós e distante da minha presença física que conseguirá o que tanto desconhece de ti.

Continuou murmurando como se alguém pudesse nos escutar. Enquanto isto, eu empalidecia.

- Vamos nos ver em Madri em 25 de setembro, no Hotel Santo Domingo, próximo à Gran Vía. Aí começará o que você e eu teremos que continuar a partir deste momento.

Sem mais, me deu as costas. As lápides verdes e antigas em meus pés se metiam em meu peito como imensas ondas de frio, denso e gelado. Imediatamente, algo começou a se movimentar dentro de mim. Uma grande explosão fez com que sentisse meu coração pular do meu corpo. Um ano inteiro. Um trajeto, uma sequência que somente ela sabia quão importante era para poder ter acesso ao cosmo e aos grandes segredos que a rodeavam.

Pude segui-la a distância somente com meu olhar. Senti como se retirava com seus passos firmes sobre a terra dentro da neblina, com seu casaco preto e aqueles benditos colares que sempre a enfeitavam como se fossem cascavéis da Criação. Em seu caminhar pausado via como as fadas se distanciavam e o vento que a fazia se elevar.

- Maga. Mistério e enigma de mulher feito realidade que me atormenta e devo seguir -, disse a mim mesma.

Ao mesmo tempo, meus sonhos e expectativas de um suposto sucesso haviam desmoronado em um segundo. Senti como um vulcão de raiva inflamava minhas veias. Chorei e, quando cansei de chutar o nada, me sentei em uma pedra. "A vida deve ser maior que minha raiva", me atrevia a dizer em voz alta, como se alguém me escutasse. A rocha estava gelada e grudenta, me fazia pensar como tinha ficado meu coração após esta espera cheia de tanta festa e voltas.

No meu desespero não havia percebido que cada lápide perdida no tempo tinha uma mensagem clara para mim. Era como se os mortos me gritassem um sinal que ainda não queria escutar ou acreditar.

Por um segundo me aterrorizei. Quis correr espavorida daquela paisagem tenebrosa e escura como minha própria sombra, quando escutei minha própria alma me dizer:

- Você está pisando em seu próprio presente com o passado.

Segurei-me em um dos generosos guardiões que, em silêncio, deixou que o abraçasse.

O tempo se perdeu diante da minha presença, o silêncio cobriu tudo. Então soube que sonhar era tão real quanto empreender o caminho.

- Maga, você está aí?

Silêncio, escuridão e uma confiança desconhecida distante do medo começaram a aparecer.

Tudo me dizia em sussurros muito claros "você sabe o que vem". A Maga tinha métodos para abrir portais para que nós, seus iniciados, pudéssemos cruzá-los. Acionava seus pulsos com suas mãos, batia com toques muito específicos e sutis em suas costas. Logo, concluía dizendo:

- Os cadeados já estão abertos.

Sabia e manipulava os conceitos muito precisos da trigonometria sagrada e sua dimensão. Sem mencionar o que era somente revelado a ela e que muitos de nós nem sequer chegávamos a imaginar.

Comecei a me acalmar. Ainda sentia coisas estranhas em meu corpo, como se ela, com apenas sua presença, tivesse deixado entreabertas as portas para começar a caminhar o desconhecido. Pude ver então aquilo que me separava da morte; somente alguns ladrilhos. Estava viva. Isto é algo que agora já não podia nem devia esquecer.

Assim começou esta história. Faz um ano exatamente e, logicamente, tenho que admitir, já não sou a mesma. Agora, em silêncio, a entendo... porque me entendo. Fui compreendendo que posso me inclinar ao que sua intenção tinha tentado me fazer entender. Em poucas palavras, começava a ter fé.

Para poder traduzi-la, se deve ser conhecedor – desde o respeito – da vida, da morte e de suas forças ocultas. Para poder descrevê-la – desde seu mundo – é preciso não a julgar, pois esse mundo é muito pouco visível.

Muito menos crível por nós, os cabeças-duras das forças abandonadas e enfraquecidas pela teimosia e a arrogância. Estou convencida de que a energia está no nível de consciência em que eu esteja. É ela quem faz a magia do que nunca mais você deve se perguntar ou duvidar.

A Maga agora abre portais e me deixa entrar às vezes, onde podemos sentir o que está por ser vivido como parte de um destino que ninguém deve alterar ou estimular. Estes lugares te dão apenas forças internas para olhar, respirar e continuar.

"A possibilidade de percorrer"

Hoje é 25 de setembro; pelo menos isso diz o calendário. Estou em Madri. Já no lugar combinado, na data acertada, me preparei para o encontro. Quase o tempo todo estive esperando, desta vez mais calma e centrada. O hotel onde combinamos nos encontrar era muito pequeno. Muita gente caminhava agitada pelo Hall prestando atenção somente em seus assuntos pessoais. Tudo transcorria em uma tensa calma. Entretanto, estava feliz de estar ali. Confiava e me sentia merecedora do tempo e de minhas conquistas. Pretendia estar muito alerta a sua chegada, talvez pela porta principal, que pesava uma tonelada por ser um antigo edifício reformado para o hostel. Muito atenta, não descuidava da saída do elevador que talvez a traria do céu. Estava com tudo coberto. Muito antes tinha tomado o cuidado de checar a área de café da manhã, sem nenhuma sorte. Então a espera poderia ser mais confortável. Não sabia com certeza a que horas a Maga poderia se manifestar. A poltrona do Hall era muito confortável, almofadas amplas e largas, de tecido suave. Estava um pouco cansada, não havia dormido muito bem na noite anterior. Em um suspiro meus olhos se fecharam e encontrei um lugar onde repousar dentro de mim. Podia sentir minha saliva saindo de minha boca e, talvez, um forte ronco que fazia com que eu acordasse. Podia sorrir e continuar com meu delicioso plano de seguir descansando. Já estava no lugar no grande dia. Tudo agora podia ficar em paz. Plácido momento na espera que podia desfrutar.

Agitada, senti seu olhar em meu rosto. Levantei-me em um pulo e retirei a baba que cobria meu merecido descanso. Sentia sua presença perto de mim. Pude vê-la sentada justo em minha frente. A Maga estava ali, como havia prometido. Segurei-me para não correr e abraçá-la.

Que prazer e alegria sentia com sua presença. Maga.

Olhamo-nos como em um espelho por um tempo, nos reconhecendo em um lugar que nunca havia presenciado. Desfrutei de seu sorriso amigável rodeado de silêncio; de certa forma, com admiração por estar ali como combinamos. Maga.

Vestia algo casual. Setembro é uma época maravilhosa para se estar em Madri. Calça e camisa brancas. Sóbria e sem muito ruído. Nunca pensava em se exibir diferente; isto é prioritário para ela. Gosta de se misturar com as pessoas e ser nada. Uma vestimenta muito sofisticada a deixaria descoberta imediatamente. Quando trabalhava nas iniciações, gostava de usar roupa larga e muito colorida. Cada vestimenta que usava era sagrada.

Esta Maga possui um olhar excêntrico e inevitável. Quem a reconhece, se apaixona. As crianças a reconhecem imediatamente, são mais astutas e estão livres de julgamentos e complexos, assim que desde muito longe a observam e se juntam a ela como se fosse uma mina ou pilha de brinquedos. Carrega guloseimas em suas palavras e balões de boas intenções quando caminha.

Os anciãos e homens sábios a reconhecem por sua sabedoria de alma, e se sentem amados desde qualquer lugar onde ela os possa alcançar. Estando no hall, em nosso espaço de nos reconhecermos, os olhares iam e vinham e ninguém imaginava o porquê.

Sua presença é cheia de um dom absoluto para o que queira se ver em um espelho.

Os cheiros e a luz que alcança ao seu redor podem te levar imediatamente a sua própria infância e suas recordações. Se ela assim desejar, pode precipitar qualquer emoção que seu coração tente ocultar. Você poderia acabar chorando ou em meio a uma risada sem sentido. Preenche tudo: presenteia-te verdade no mistério da sua verdade.

Chamou-me a atenção os chamativos colares que usava. Não podia deixar de olhá-los. Eram uma mistura de belos quartzos azuis com veios rosados que lhe haviam sido presentados por um xamã que ela respeitava e gostava muito. Às vezes tive a oportunidade de escutar algumas histórias que a Maga empreendia como contos, cheios de muitas fantasias e realismo mágico.

Em sua voz se sentia brotar o amor ao se referir a ele. Pelo que me contava, pude apreciar que este companheiro de caminho havia decidido retornar às montanhas sagradas para encontrar a si mesmo. Nunca mais foi visto, esta era a maneira como se certificava que os demais ainda poderiam seguir em aprendizado. Poucos se atrevem a entrar na montanha. Em um de seus ensinamentos, a Maga me comentava que a montanha é o nosso espelho. Poucos querem saber quem são. As serpentes são as flechas das montanhas. Quem faz dano a si mesmo, verá isto no caminho. Maga.

Também exibia um rosário de jacarandá e uma corrente de prata com um pingente em forma de esfera que emitia sons quando ela o movimentava com o vento de sua alma. Sempre se ocultava, era difícil vê-la completamente aberta. Deixava essa tarefa em suas mãos para que seus olhos doessem em sua própria luz.

Sua camisa, de um branco quase puro, permitia ver aquelas "joias espirituais" que projetavam uma espécie de laço que se encontrava diante da minha existência.

Apressou-se logo após um tempo de olhares e, finalmente, me estendeu um cálido abraço. Pela primeira vez sentia que podia receber o que a Maga estava disposta a me dar. Agora era digna de saber fazê-lo. Segurou-me e, nos olhares que rapidamente entenderam, nos dispusemos a sair do hotel para caminhar sem nenhuma direção. Tinha um profundo receio de invadir seu silêncio. A ausência de palavras parecia fazer um barulho estrondoso em minha alma. Ela era e é assim, sempre tormento e às vezes magnitude de cosmo.

O céu madrilenho obrigava os transeuntes a buscar uma sombra onde se proteger daquele límpido azul e do escândalo de seu brilho. A temperatura convidava a usar algo leve. Somente sentíamos a dádiva do reencontro programado. Ainda que com um pouco de frio seguimos nosso caminho. Por um longo espaço de tempo começamos a percorrer as ruas da maravilha espanhola. Lugares turísticos e seus turistas agitavam a cena.

Restaurantes com ofertas gastronômicas falavam do tempero e da essência dos locais. Somente trocávamos olhares entre vitrines e a rotina que a vida pode chegar a ter. Paradas obrigatórias nos abriam o apetite entre café e chocolate. Estava vivendo um bom momento com ela. Comigo.

Já presas em uma rua sem fim, me apontou a porta da antiga Igreja del Carmen, próxima à Gran Via. A missa das cinco da tarde estava apenas começando. Juntamo nos no preciso momento, como se Deus esperasse por sua presença para fazê-la abençoar com um ritual que nos dava a ambas as boas-vindas.

Sentei-me ao seu lado. Sua conexão não demorou muito. Pude observá-la detalhadamente, vi como se comovia e derramava algumas lágrimas muito sentidas desde o coração. Recordava o encontro naquele cemitério e as coisas que pude presenciar. Não era de duvidar que estava acontecendo ou iria acontecer muita coisa. Somente queria prestar atenção e não perder um só momento. Suspirava, ria, desejava, vivia cada lampejo como se mantivesse uma comunicação direta com algo celestial e poderoso.

Na minha vontade de presenciar sua existência, somente podia observá-la e sentir um pedacinho daquilo. Algo me dizia que todo este tempo decorrido seguia sendo a melhor iniciação para poder compreendê-la nas profundidades de sua magia absoluta. A Maga não era uma mulher jovem. Também não era uma anciã. Era uma menina grande, mas muito sábia. Uma saga, diriam os Mamos da Serra Nevada de Santa Marta na Colômbia.

Às vezes pensava que era um espírito, pois a via em todos os cantos da minha vida desde que tinha me exposto a ela e seu caminhar. Preenchia-me o coração se pensava nela, me fazia falar a sós e brigava com ela pelo fato de querer despertar e não saber como. Sua estatura sobressaía do comum. Sua pele era fresca, como se fosse de um anjo caído na terra.

Seus frágeis e delicados pés me chamavam a atenção, pareciam que nunca tinham pousado sobre a terra. Pelo menos não estes pés que a Maga sabia mostrar em qualquer lugar ou momento calçados em suas belas sandálias.

Seus olhos eram marrons como o mel mais denso; mas, ao mesmo tempo, podiam brilhar escuros como uma noite escurecida. Olhá-los era imaginar a paleta das cores escuras que Goya deve ter usado em suas pinturas negras: "Saturno devorando seu filho", "Duelo a bordoadas" ou talvez "As Parcas". Tesouros negros cheios de luz para o que se atreva.

Ao estreitar seu olhar, podia-se advertir o que era topar com as verdadeiras janelas da alma. Assim de profundas e cheias de sentir eram suas pupilas. Passado o tempo para que chegássemos ao final de tão sentido ritual, o serviço litúrgico terminou. O evento pleno de energia sagrada concluía com muita emoção. Começamos a abandonar o lugar santo e a Maga deixou que a segurasse com meu braço. Empreendemos caminho com um pouco mais de confiança, desfrutando da companhia e da sensação de apreciar a presença de ambas. – Sempre é bom vir aos lugares onde as pessoas se congregam em busca de milagres e mensagens celestes, - a Maga comentava com voz clara -. Quem sabe um anjo de veja e te ofereça um pouco de si pelo simples fato de estar ali, - acrescentou. Prestava toda minha atenção e somente me restava sentir plenitude ao saber que, pouco a pouco, escutava a mim mesma.

Concordamos que a próxima parada seria para saciar a fome. Aventuramo-nos a buscar o mais típico da bela Madri, que ainda resistia à escuridão. A comida preferida da Maga eram os vegetais, ainda que por razões óbvias nunca rejeitava o que lhe era oferecido. Entretanto, suponho que por estar em Madri deixou que seu espírito se contagiasse de empatia com seu entorno e exclamasse:

- Paella e vinho tinto. Vamos desfrutar!

No caminho, a multidão celebrava a estação que se encontrava bondosa e cheia de furor. A poucos metros encontramos um lugar simples. Com apenas um olhar ambas tomamos rumo até ele. Mesinhas acolhedoras, bastante luz e muita gente que falava de forma ensurdecedora rodeavam o encontro. Selecionamos um cantinho cômodo onde o barulho e o serviço faziam gala à energia daquela tarde cheia de sinais e do "Olé" madrilenho. Ao fazer o pedido, notei como o próprio garçom ficou preso na bondade e na "graça" de minha acompanhante. Era uma mulher capaz de tirar um sorriso do mais resistente.

Ao nos sentarmos, pudemos respirar e guardar espaço para o que seria uma boa e interessante conversa entre ambas. Sem muitos rodeios, me olhou nos olhos. Perguntou-me novamente, mas desta vez de forma sútil:

- O que você quer de mim?

Tive que olhá-la com mais segurança e maturidade, sem tanto medo. Sabia o que queria e agora iria diretamente a isto.

- Você esteve comigo durante um ano sem que sua voz ou presença me alcançasse. Pergunto-me agora se você é capaz de saber o que deseja – comentou A Maga-.

Minha ansiedade não pôde ser maior. Não sabia como admirá-la mais do que já fazia. A conversa era importante para mim, mas pressentia que o que ia se apresentar ela havia manifestado desde longe. Ainda assim me atrevi, pois, este bendito ano me havia dado o melhor dentro de meu caminho. Quanta gratidão sentia por dentro. Sabia que não podia pedir mais do que eu sozinha podia ver e às vezes entender.

Olhei-a nos olhos, respirei e balbuciei umas palavras tentando ser o mais honesta possível comigo mesma:

- Maga, este ano me comuniquei desde meu coração. Foi tão valioso este processo que somente agora te vejo diferente, neste momento sei o que quero de mim. Também sei o que quero de ti.

Seu rosto não mostrava nenhum sinal. Eu não esperava nada, pois sabia que ela entendia de alguma forma o que estava tentando manifestar. Houve silêncio – respirou e me preparei para o pior – mais uma vez. Com seu júbilo encantador que me preenchia a vida de alegria, disse em voz alta:

- Você gosta de arroz doce?

Soltei uma gargalhada e ela, sorrindo, sabia, sabia tudo. Senti-me mais calma.

Começava a entender que fazia mais de um ano que compartilhava sua essência, "pura vida", como dizem na bela Costa Rica, pura magia. Nesse instante sem palavras, seus olhos me captaram por dentro e me sorriu desde sua essência. Senti-me agradecida por sua gentileza, tudo valia cada segundo pelo que estava sentindo. Escutou-me sem dizer uma palavra, atenta e com vontade. Que arte é poder ver desde a luz interna.

Com minha voz contida e quase em um diálogo simples comecei a apresentar minha pergunta:

- Quero que me inicie em sua sabedoria para eu colocá-la em letras. Sei que posso levar longe sua presença de caminhos. As pessoas e o planeta devem saber de ti. Como você diz, o aprendizado deve avançar mais rápido em menos tempo, por um custo menor. Então... Um livro, Maga, deixa-me escrever-te. Sei que você toma do cosmo, fala com algo superior e, ainda assim, se mantém cotidiana e simples, seus ecos terminam sendo rações de consciência. Quero e queremos você escrita – pontuei -.

O silêncio sustentou tudo o que vinha se desenvolvendo. Olhou-me um pouco estranho. Segurei meu fôlego. Seu olhar insistia: "O que você quer de mim?". Comecei a me responder mil coisas a sós, me atormentei e me disse:

- O que for, ela é.

Interrompeu meus pensamentos no preciso momento que sustentei o segundo necessário para agradecer que estivesse ali.

Pegou minhas mãos e as segurou um longo tempo. Sentia-me tão querida e reconhecida, que era inevitável mostrar minhas lágrimas sobre as rugas da minha vida.

- Amada mulher, não sou escritora. Somente sei que as palavras que estão perto d'Ele são as que devemos entender. Você faz seu trabalho e eu faço o meu. Assim estamos ambas com Ele. Houve uma pausa e seguramos o tempo para poder saborear tudo o que foi dito.

Nos próximos minutos já tínhamos diante de nossos paladares a celebração do dia, o arroz doce de Madri. Ao vê-lo, exclamou:

- Isto é vida, o demais pode esperar!

Logo, com voz calma, acrescentou:

- A vida é algo trágico ou doce, depende do que queira comê-la.

Neste ponto, tentei aproximar a possibilidade de um negócio entre ambas, uma sociedade. Acredito que começava a perder outra batalha. Talvez minha proposta era muito mundana para a Maga. Ela sabe do princípio e do fim de tudo, das uniões, dos métodos, rituais, caminhos e lendas. Entre uma colherada e outra, me disse com sabor de leite açucarado:

- Você deve estar viva para escrever. Não tenho nada a contar, você só pode viver para escrevê-lo.

Entendi então o desafio que significa para eu estar de frente a uma pessoa que não armazena passado nem futuro, porque suas sementes estão em todos os lugares. O importante é somente ser ossos.

Olhou longe e esperou um bom tempo. Parecia que buscava informação e esta demorava a chegar. Somente a observava com respeito, esperando o que fosse. Já sabia o que o respeito significava.

Do nada me olhou e me disse sem pausas e com muito entusiasmo:

- Amanhã te espero no aeroporto de Barajas. Sairemos às 10 da manhã via Zurique. Procure uma passagem. Você vem comigo. Vamos viver enquanto você escreve...

Não podia falar. Um redemoinho de choro, emoções e medo vinham e desfilavam. Sua cara era de desfrute ao me ver na loucura provisória que tinha me proporcionado.

Somente desfrutava sua magia e seus resultados. Agora é realidade, comentava:

- O que você vai fazer? – Ria forte, muito forte. Gargalhando -. Maga.

Sem orçamento e sem pretensões, me enchi de aventura e de iniciações. Minha viagem apenas começava. Estaria ao lado do meu sorriso, que começava a parir vida.

Não disse nada mais. Esfumou-se com seu olhar cheio de vontade, viva e em êxtase de repartir caminhos. Por um momento fiquei sentada sem reagir. O garçom interrompeu o evento de minha alma e disse:

- A conta.

Busquei em minha carteira cheia de mistérios as moedas que me garantiriam o caminho até a Maga. As melhores moedas são as que têm dois lados, daí a riqueza na alma. Agora todas eram importantes.

Ainda que caminhasse entre um rio de gente, me sentia como se estivesse a sós. Ninguém poderia ser capaz de compreender o que eu era nesse instante: dádiva; dúvidas; medos; alegrias que não sabiam de sua intensidade porque as vivia pela primeira vez em outro nível.

Pensava novamente como aquela bomba à ponto de explodir.

Faça as malas, avise em casa que você partirá no dia seguinte, mas... Como poderei explicar meu retorno? Projetos, planos que se resumiam a uma passagem de ida e umas asas de volta. Vou ir com a Maga e suas vontades feitas sinais. Maga.

Meu coração soube por um ano seu sonho, seu rumo. Agora era uma realidade, não havia tempo a se perder. Aí vou: de cemitérios à vida e seu retorno.

De repente me vi sozinha, sem saber que linha aérea ou voo deveria pegar. Meu coração dizia:

- Anime-se. É somente seu maior sonho o que você acaba de conseguir.

Aí vamos de volta. Agora acreditava nesse boleto de ida e volta. Era o caminho até a Maga...

"Chegando"

Meu coração hoje amanhece sacudido. Tenho um pressentimento. Ainda não entendo o que é, mas tenho certeza de que vêm mais mudanças, pois vou do pranto a uma alegria estranha e sigo sem saber por quê. Antes de sentir o que sinto agora, nenhuma pessoa ou situação gerava em mim este prazer assustado e divino.

Sinto que meu amor vem desde um lugar que ainda não me atrevo a dizer que conheço. Ela, a Maga, sempre fala do "mestre": o coração, e isto era o único que tinha sentido para mim nas circunstâncias nas quais tudo isto se desenterrava.

As portas que meu "mestre" tinha aberto agora começavam a ser portões celestiais na terra. Tudo podia esperar enquanto desfrutava da maravilha de me sentir sem atalhos. Sem armadilhas. O que eu mesma tinha me encarregado de trancar por muitos anos, começava a tomar lugar.

Estava me apaixonando por mim. Era inegável. Guardei muito dentro de mim a sensação de desejos plenos de alegria nesse palpitar constante de viver cada segundo por vez. Não tinha sonhos ou expectativas. Talvez já estivesse acontecendo. Comecei a saborear a frase. Um dia de cada vez.

Terminei de fazer as malas e fui cedo para o aeroporto para a loucura mais deliciosa que iria empreender.

Pude me deixar levar e, como passe de mágica, consegui tudo (ou o necessário) para me juntar a ela e seu caminho. Ela deixava tudo para provas superiores. O que é para você, é para você.

O destino não sabe do tempo. Estivemos em silêncio na maior parte do tempo.

A sala de espera estava um pouco vazia para ser um voo que estava repleto de passageiros. Caminhava de um lado para o outro inquieta, enquanto ela desfrutava de sua só presença sentada em sua cadeira. Chamaram para a abordagem. Uma vez instaladas em nossos respectivos assentos, levou pouco tempo para que a Maga entrasse em sono profundo. Assim eu pude recapitular os eventos da minha vida e do que havia me atrevido.

A via estava com a Maga em um avião. Era um sonho? Nesse momento disse a mim mesma:

- Algum dia escreverei sobre esta vivência.

O voo foi plácido e tranquilo. Sentada na janela pude ver as belas montanhas e picos nevados à direita do avião. Algo fazia me sentir especial e não podia descrever o que estava vivendo. Sentia o movimento da vida ao meu lado. Chegamos na hora marcada em Zurique, retiramos a bagagem sem maiores inconvenientes.

A Maga viajava com bagagem leve. Até este ponto devia me deixar levar por completo pela Maga. Saímos pela porta que nos levaria ao lugar onde estava a estação de trem. Na caminhada um homem charmoso, de uns 50 anos, os quais representava com gratidão, nos abordou. Era um de seus iniciados que vinha receber a Maga. Ela notou meu olhar de interesse. Olhou-me e comentou brincando.

- Não se assuste muito, os discípulos são todos iguais.

Olhei para ela estranhando, sem entender seu comentário, ou me fazendo de boba ao ver que tinha sido descoberta.

Ao ver minha reação, me disse:

- Se você de verdade algum dia aspira ser uma Mestre, deve lembrar uma das máximas: nunca perca o sentido de humor.

Era terrível e engraçada. Nunca se sabia se falava sério. Tinha que estar alerta. Tudo era sério com ela.

- Ele – me disse apontando-o – está um pouquinho mais adiantado que você, mas não muito. – Disse isto soltando uma gargalhada de cinismo -. Inevitavelmente, começamos a rir de uma maneira desenfreada. Assim foi como conheci este iniciado da Maga. Um ser especial.

Em nossa chegada me comoveu constatar o fato de que o iniciado estava repleto de oferendas para a Maga. Para minha surpresa, ela recebeu com alegria tudo o que ele lhe oferecia. Era óbvio sentir gratidão pelo que a Maga havia dado em troca em conhecimento. Entre magos e aprendizes há muitos códigos a seguir, as dívidas nunca devem se acumular. Dever entre eles é arriscado, a magia se enfraquece. "Dever a um mago debilita seu encantamento", a escutei dizer muitas vezes. É o que acontece ao não entender a magia do amor e do respeito.

- Nada como reconhecer o outro-, a Maga sempre dizia. – É a única maneira que lhe sejam outorgadas suas próprias ferramentas de proteção.

Imaginava que queria dizer algo sobre o respeito que devemos sentir diante do destino de qualquer pessoa que caminha em nossas vidas.

- Todos são perfeitos em essência, o difícil é afirmar a essência.

Seu iniciado-acompanhante nos escoltava até o lugar onde nos aguardava uma mulher que receberia a Maga no lugar apontado. Devo confessar que me alegrei com a presença de nosso guia, porque assim a Maga desfrutou de sua viagem plenamente e confiante do sol que a irradiava.

Enquanto o iniciado comprava as passagens de nossa rota, esperávamos juntas em silêncio. Entretanto, desde certa distância conseguia ver como o iniciado observava a Maga com olhos cheios de luz e muito orgulho, de forma bonita e respeitosa. Gostava de como ele a olhava. Ambos sentíamos que a Maga estava repleta de sementes e nosso trabalho seria cuidá-las para plantá-las muito em breve.

Já se conheciam há algum tempo. A Maga havia partido sua alma em duas para que entrasse a luz da vida. Agora era só mais um dos que queríamos sua experiência, legado, e às vezes, seu poder. A Maga era muito reservada e cuidadosa em seu proceder.

Seu talento mais absoluto era saber de antemão, antecipar: como; onde; quando; o que ou com quem. Podia aproximar-se muito e saber de suas carências e vazios, mas o melhor era que conhecia as intenções antes que alguém pudesse se dar conta. O que mais rejeitava era o tipo de pessoa interesseira, pouco séria no respeito e os famosos sedutores que tentavam desviá-la de seu caminho. Evitava os que se gabavam de conhecimento e com pouco coração. Não tolerava as pessoas astutas que eram incapazes de colaborar com algo para ela poder circular – ou permanecer – ao seu lado. Rendia-se diante da honestidade, lhe causava uma autêntica fascinação.

Se alguém lhe expressava sua verdade, ela permanecia atenta, respirava e logo voava. Amava a crueldade do justo. A liberação sem culpar. A liberdade da verdade oculta feita engano por você mesmo.

Relembro um dia em uma atividade com iniciados. Trouxe um prato repleto de provisões e pagamentos para a Mãe Terra. O colocou em um lugar visível para todos. Uma das participantes passou ao lado e pegou um bom pedaço de chocolate da bandeja. Ao começar a cerimônia e escutar as primeiras palavras da Maga, a garota que tinha cometido o atrevimento se deu conta do significado daquele ritual. Sentiu uma grande vergonha por ignorar que aquela oferenda que tinha pegado pertencia a um ato sagrado. Olhou então para a Maga com vontade de assumir a responsabilidade de sua infração, mas ela somente a observou novamente com um olhar cheio de amor e compreensão. Tanto que se sentiu desculpada pelo acontecido. Ambas acabaram rindo daquela travessura como se fossem duas meninas cúmplices, testemunhas de algo maravilhoso. Se somente pudéssemos ser pequeninos e apenas sorrir diante de tanto engano procurado dentro de nós. Entretanto, um dia a Maga me comentou:

- A verdade te torna livre e é perigosa. A ninguém convém tanta luz. Isto até o dia de hoje ressoa e faz muito ruído em mim. Algo tão profundo e complexo somente se pode viver para entender.

Assim te iniciava e te deixava sob o feitiço de sua própria vida. Assim é ela, transparente em verdade. Estar em sua presença te leva a se explorar e estremecer, até que no final você alcança se conhecer diante desse espelho de mil pedaços espalhados em sua própria presença.

Conseguimos embarcar rápido na estação central, para logo nos encaminharmos à pequena vila de Lützelflüh. Observei como a Maga e seu iniciado, que gentilmente havia ajudado a levar a Maga a seu destino, se fundiam em palavras codificadas. Conhecimentos, experiências, perguntas e respostas preenchiam o vagão em direção à luz. Às vezes se calavam e a conversa transcorria da mesma forma em outro nível. Ele abria os bolsos da alma e tomava os caudais que ela lhe entregava com sabedoria.

A troca era de pele, vida e palavras. Somente podia observar em silêncio. Nada a se fazer. Tudo já estava feito.

De longe podíamos avistar a pequena localidade que nos recebia com um verdor e uma arquitetura maravilhosa. Nosso destino estava próximo e pouco a pouco podia sentir o cansaço do longo dia. Finalmente o trem chegou à diminuta estação.

Pegamos nossa bagagem. Ao abrir as portas pudemos celebrar o ar puro da montanha. Começamos a caminhar dentro da multidão que recém retornava de suas jornadas de trabalho nas cidades maiores. Pouco a pouco a estação foi ficando sozinha. Percebemos que uma mulher idosa e sábia tentava alcançar nosso passo. A Maga estava feliz de vê-la. Ambas se tomaram em um longo abraço como somente duas mulheres sábias podem fazer. No silêncio desse aperto se refletia o respeito de uma pela outra. O iniciado acompanhante celebrava ao ver estes dois seres poderosos. Celebrava sua condição de apoiador na tarefa de levar a Maga com segurança até o lugar onde faria seu trabalho nas próximas semanas.

Chegou o momento da despedida. A Maga olhou seu iniciado com força. Ele não pôde se conter e a abraçou com uma gratidão que meu coração sentia como se fosse explodir de tanta emoção. Imediatamente pensei no momento em que, cedo ou tarde, estaria enfrentando o mesmo que minhas lágrimas conseguiam testemunhar. Tive que buscar força interna. Separar-me dela? Não queria pensar nisso naqueles momentos.

Ela o olhou. Escutei quando disse apontando para o peito de seu iniciado:

- Cuide do meu coração. Eu já cuido do seu.

Aquela era uma codificação profunda e simples que deixava ver as faíscas da iniciação.

Despedimo-nos, nos reconhecendo cada um em nossos trabalhos específicos para que a Maga cumprisse sua missão em cada travessia. Não posso negar que, ao me despedir dele na estação, fiquei com a sensação de que nos veríamos muitas vezes em um futuro não muito distante. Foi tranquilo dizer adeus.

Acomodadas em um veículo velho e sujo, um homem no volante dirigia como piloto de corridas. A Maga falava com a sábia e o veículo subia e descia sem muita precaução. O iniciado-guia empreendia retorno ao aeroporto de Zurique, onde se reuniria com sua família para fazer uma longa viagem a Cabo Verde. Parecia então que cada um estava em seu lugar, com exceção do meu estômago, ao que lhe urgia jogar fora seu conteúdo graças ao motorista e as curvas. Maga...

A Maga me ignorava e na maioria das vezes não me apresentava como sua companheira de viagem. Às vezes sentia que esta mulher se fazia ver pouco e agora meu ser, em sua dimensão, habitava o mesmo espaço. Estava bem assim, pouco a pouco ia entendendo para o quê se deixava ver e qual era sua finalidade. Seu caminhar era prudente e muito agudo. Já sabia que tinha a capacidade de converter-se em uma fera poderosa e, simplesmente, esperar que sua presa estivesse o mais perto possível para aniquilá-la. Meus medos estavam me deixando ver imagens tão reais em sua presença, que podia sentir o efeito de seu movimento.

Minha tarefa era segui-la e escrevê-la, para isso estava com ela. Estávamos a ponto de criar algo. Junto a ela, me deixava levar por uma rua escura cheia de portas mofadas prontas para serem abertas.

Havia um grande silêncio no trajeto, apesar do estrondoso barulho do motor. Não obstante, havia paz. Era algo mágico. As montanhas que se embutiam na paisagem permitiam ver as flores e a beleza do lugar.

De longe, as badaladas de uma pequena igreja nos deixavam saber que o cosmo sabia da chegada da Maga. Tudo estava em ordem para a terra, para ela e agora para mim.

A alguns quantos quilômetros se podia ver o lugar que acolheria a Maga e sua presença. Já havia estado nestas terras em anos anteriores transmitindo força e conhecimento. Todos a aguardavam no espaço pronto onde pousaria seus sonhos a cada noite e deixaria aproximar a essência de sua presença cósmica.

Um pequeno caminho incrustado entre as cores e os aromas deixava ver as teias de aranha como arco-íris. A neve no topo de cada montanha majestosa tocava a calma de qualquer um. Meus olhos me brindavam uma paisagem que me comoveu e me senti tão agitada: talvez assim seja como a Maga sente seu mundo interno. Este mundo que lhe é concedido desde fora por estar conectada com o maravilhoso do interior: as raízes, as montanhas, a vida... Talvez Deus.

Ela tinha o conhecimento. Eu sabia disso. Somente podia observar e esperar com paciência, que nunca foi uma arte para mim. O que em essência me unia a esta mulher estava para ser descoberto muito em breve. O que estava vivendo era o livro que devia entregar.

No final da costa, após muitas curvas no longo trajeto desde a estação de trem, avistei o mágico lugar que convidava a Maga e sua tarefa. Uma bela casa de uns 100 anos abria o final do caminho e o começo de outro. Jardins cheios de flores multicoloridas lhe faziam gala. Viveiros que ofereciam plantas e um pequeno estabelecimento onde poderíamos adquirir o resultado das frutas em geleias e variedade de folhinhas convertidas em bebidas. As folhas que cobriam o belo lugar se deixavam ver em tonalidades menos vibrantes, pois o outono estava fazendo parte do inverno que se aproximava. Laranjas, violetas e amarelos, todas aí juntas, trajavam os altos muros da casa. A árvore sabia das estações e logo sua sede daria passagem ao novo. A vida se regenera, as estações nos dão pistas dos processos internos. Em seus ensinamentos, a Maga te faz sentir vital e constante. Algo tão parecido ao interno encontra-se nas imagens da natureza. As quatro estações foram inventadas pela Mãe Terra para que as coisas não aconteçam todas de uma vez. Assim nos instruía com o mais cotidiano e comum. Ficava admirada e me perguntava se estaria na primavera, onde tudo estava renascendo. Talvez inverno, onde a inquietude se refletia em minha pouca paciência de esperar o desgelo.

"Deve-se ser semente, esperar na escuridão e logo você será apenas fruto". Como não entender essa frase tão profunda e correta?

A Maga. Como não poder senti-la se quase acaricia seus olhos?

Cada vez que podia, tentava reter sua dimensão em minhas anotações. Até que, pouco a pouco, pude me dar conta. Mais do que entendê-las, já tinha começado a vivê-las há longo tempo.

Abriu a porta e caminhou até o lugar destinado para seu descanso. Atrevi-me a segui-la e sabia que ela sentia minha presença. Estava bem, agora eu sabia.

Um reduzido espaço no corredor da casa nos levava até o quarto da Maga.

Subimos as escadas com um pouco de dificuldade, tentando não tropeçar em nossa bagagem.

Ao entrar em seu quarto, imediatamente se dirigiu ao terraço que já deixava ver seu rubor de tarde perdida com seus ventos quase rosados. Assim o entardecer se deixava abandonar e se traduzia em milhares de cores fundidas com a paisagem da montanha. A vida se dispunha a entrar em quietude. A noite se aproximava e tudo era equilíbrio. Não pude conter meu assombro quando vi que sua cama estava colocada justamente debaixo do espaço do teto que era somente um vidro transparente. Exatamente debaixo do céu.

O teto não ocultava sua presença. Imaginava ela dormindo e despertando com as estrelas e os amanheceres acima dela por completo. A cama dupla se deixava agasalhar por um cobertor cheio de plumas que provocava a pular sobre ele. Almofadões e travesseiros com mantas de cores brilhantes e intensas faziam do lugar o alojamento perfeito.

À direita do quarto havia uma pequena mesa que havia sido enfeitada com flores e frutas especiais para decorar e fazer a Maga sentir que era bem-vinda.

Tudo era exclusivo. O lugar onde a Maga dorme seus sonhos e suas realidades tinha sido presenciado por mim.

Surpreendida novamente, me retirei em silêncio deixando a a sós onde ela sempre estava para todos. Agradava me a ideia de que a tratassem desta forma. Simples, mas sempre o melhor e mágico para seu mundo.

Dentro da humildade da vida, esta morada levava qualquer ser humano a desejar por um segundo as estrelas que seriam parte de seu caminho nas noites por vir.

Meu quarto estava dois níveis abaixo do seu. Era distância suficiente para me dar conta de que era ela a que estava mais próxima da fonte de Deus.

Meu lugar era austero, como tudo o que tinha que aprender ao lado da Maga. Uma pequena caminha muito bem arrumada e simples. A mesa de cabeceira com uma luminária que me permitia ler. O espaço justo para colocar minha bagagem. Naquele momento, já com um teto e uma cama, tudo se sabia e se devia revelar. Senti-me plena e cheia de gratidão. Tinha o necessário e gostava do pouco do lugar.

Estava cansada. Ajeitei minhas coisas e me dispus a empreender caminho até meus sonhos, que me mantêm desperta para continuar.

Antes de dormir essa noite, refleti cada coisa vivida. Comecei a imaginar a Maga sob as estrelas. Em oração, talvez. Sua vida cheia de ferramentas, sua capacidade para levar os ensinamentos a lugares e pessoas que pecariam como aprendizes diante de seu poder sábio e amoroso.

"Fio terra"

Abri meus olhos, notei a luz que entrava pela janela e o terraço de meu quarto. Assumi que estava amanhecendo pela qualidade da luz. Levantei-me um pouco confusa, por um instante não soube onde me encontrava. Levou um tempo para entender que estava naquela casa antiga daquele belo lugar e que a Maga estava dormindo perto de mim.

A noite tinha feito favores com o silêncio e o frescor da manhã. Tinha a sensação de um tempo solitário e de paz à minha proximidade.

O ar frio da montanha entrava por cada canto. Era mais agradável abrir as portas do pequeno terraço e respirar. Fiquei um instante com o olhar perdido sentindo e percebendo o lugar que, com a luz da manhã, mudava. Imediatamente tive vontade de investigar o lugar. Revisei minhas anotações, que até o momento devia colocar em ordem. Ainda faltava escrever o vivido com o iniciado e nossa viagem de trem. Esperei pela hora prudente onde escutaria barulhos que vinham do refeitório principal da casa que nos alojava. O único que queria era café, remédio sagrado. Minha relação habitual com esta poção mágica é algo que deveria considerar muito em breve. Seria conveniente escrever um livro intitulado Morte por café. Seu aroma, sua composição, cheia de tanto estimulante, é o melhor para amanhecer junto à vida.

O comprei nos lugares que pude visitar. Agrada-me retornar a casa e ter café dos lugares especiais onde o cultivam. Sou uma especialista em reconhecer um bom café. Abre-me a terra e suas origens, essa África primitiva. Os guerreiros deste continente eram tratados como tais ao ser beneficiados com sua provisão diária para manter a força e o vigor. O próprio Papa Clemente VIII resolveu provar o café. Ao saboreá-lo disse: "Esta bebida de Satanás é tão deliciosa, que seria uma lástima deixar aos infiéis seu uso exclusivo. Vamos enganar Satanás batizando-a e assim faremos dela uma bebida autenticamente cristã".

Seu aroma me arrasta ao prazer cotidiano da vida –o café -, cheio de sombras e pecados até seu final. É quase um emissário.

Enquanto encontrava meu trajeto ao prazer, tropecei com um homem que me indicou a rota ao tesouro dourado. Ali, naquela batida inesperada, topamos um com o outro e com o Amado, o mesmo Deus...

Era inegável que aquele homem que me despertou junto com o café desempenhava alguma atividade dentro do lugar. O distinguia o fato de usar um avental branco com uma flor lilás estampada no centro, que dava a conhecer o nome do pequeno lugar arrumado para o café da manhã.

Seus cabelos ondulados, longos e pretos, brincavam em minha direção mais do que qualquer outra coisa dentro do lugar. Seus olhos calavam e me convidavam a eludir à mesma vida. Era charmoso, de pele queimada. De bom porte. A segurança com a que se movimentava e o que emanava me deixavam totalmente enfeitiçada. Um enigma que me chamava.

Imediatamente ambos nos sentimos em uma dança que começamos a reconhecer. Não queria que nossa conexão fosse tão evidente, mas já não havia tempo a perder negando-a. A esta altura já era impossível me fazer de boba.

Estava paralisada pelo que sentia na presença daquele homem.

Consegui chegar a um sofá que se encontrava no canto como peça principal do salão de refeições. Uma antiguidade que decorava os anos da casa de maneira régia e clássica.

Minha língua se derretia nas bordas da minha xícara. Entre o café e o desejo, me deixei levar. Somente podia tomar gole a gole sem pensar em nada mais.

O que vestia ainda era o pijama da noite. Algo de algodão muito simples e de cor roxa. Sentia-me confortável na casa, e a maioria dos hóspedes se permitiam ver com roupas cômodas pelas atividades que eram oferecidas na casa. Uma vez sentada no sofá, comecei a olhar o homem que havia me surpreendido sem nenhuma permissão.

Parecia uma dança de olhares na que ambos nos procurávamos. As imagens em minha cabeça se deixavam levar sem limites; a fêmea que resiste ao seu macho antes de tomá-la e, ainda que com dor física, se pode notar o prazer de algo básico e primário. Ela deixa a força bruta fazer vida sem muito questionamento.

Cada poro meu começou a sentir sede. Meus mamilos estavam erguidos sem poder controlar nada. Meu coração batia e aí nesse lugar, entre minhas pernas, podia sentir a razão da existência sem perguntas ou pretensões. Lambia a xícara e ela me acariciava. O café me levava a ser guerreira e estimulava minha vontade de me entregar à força bruta do desconhecido.

Virou seu corpo para mim. Sorrindo, segurou o fôlego e me perguntou o que menos queria imaginar:

- Você está com a Maga?

Tive que dar um grande passo em direção oposta ao homem, um salto que me deixou descoberta na surpresa da pergunta que quase me tira o fôlego. Por um momento não quis saber dela ou do ar que a rodeava, saber que estava ligada com ela; desejei ser livre em alma e corpo. Agora me sentia presa e em duas águas. Meus sonhos truncados por um desejo começavam a combater diante de mim.

Meu nome, procedência, ou algo que tivesse a ver comigo se diminuía diante da absoluta e importante presença da Maga. Senti-me substituta, usurpadora e absurda. Somente estava acompanhando à mulher fascinante e dona absoluta do lugar. Ainda não tinha feito o suficiente com minha própria vida para que esta fera me devorasse com seus olhos sem saber por quê.

Tudo o que em algum momento me programei tinha a ver com a Maga, sempre a Maga. Contive-me na costumeira raiva.

Atordoada por aquela pergunta, estava agora desorientada diante de quase uma rival.

Quis escapar da minha pele, entender a existência e ser livre da Maga. Tinha muito medo do lugar em que estava entrando. Isto fazia parte de sua chamada iniciação? O início das perguntas começou sem parar.

Seria este homem para uso exclusivo da Maga? Quis saber cada detalhe, cada movimento. Estava me arriscando a entrar em uma zona chamada "risco". Agora a ousadia era na alma e podia pressentir. Um risco que devia correr como a mulher madura que supostamente era. Imediatamente retornei à minha própria história: um casamento ou relacionamento que perdi por pouca disposição. A gama de feridas que se exalta-vam em questão de batidas por segundo, desde o passado até o presente, me deixavam ver a terra que estava tentando conquistar.

As mais difíceis de levar nas costas em todos estes anos tinham sido a traição e a infidelidade. Quem era eu neste momento para falar ou predicar do que já me fazia pecadora? Como mulher vazia e pouco conhecedora de sua força inter-na, tentei a traição a mim mesma, acompanhada por toques de infidelidade. Às vezes me sentia vitoriosa e grandiosa. Às vezes, suja e insatisfeita. Com o tempo pude entender:

- Quando me traí, todos me traíram.

Tudo isto se virou em segundos sobre minha vida e meu passado, mas sobretudo sobre meu presente, que insistia em curar enchendo-me de ambições.

Meus filhos já estavam orientados na vida e seu fluir. Dois lindos garotos. Legados que a vida havia me dado como quem pede algo em um armazém. Parecia que a existência e minha inexperiência tinham jogado o método do tempo cont-ra o estar adormecido. Ainda assim os levantei, e a chave de tudo foi amar e respeitar seu pai.

Desta forma, evitei a desgraça da perda de tempo neles, de socorrer em ajuda a algum dos dois. Pelo menos algo pude fazer, soube por muito tempo que a culpa não trazia soluções. Falar aos meus descendentes a respeito do momento mágico quando conheci seu pai foi o melhor que pude ter feito. Hoje posso garantir que ele me amou tanto quanto eu não pude. Eu estava com pendências de outras coisas que somente poderi-am ser atendidas por uma mulher em necessidade de desper-tar e de entender o que é o amor.

Assegurar-se de amar ao que se ama, foi uma das grandes verdades que aprendi com a Maga. Sentia-me afortunada. Meu coração se enchia de gratidão quando pensava no pai deles; apreciava muito aquele amor. O festejava porque entendia que nossos filhos eram fruto de ambos. Compreender que não havia separação possível para nós nesta vida pela mera existência deles me tinha feito um ser amável e harmonioso. Mas na relação com o pai dos meus filhos sempre faltou algo.

Quando a mercadoria se esgota, se pede recolocação. – O que se esgota é o que se pode mudar -, dizia a Maga.

Esperar um ano todo, viajar com a Maga, tinha o matiz das coisas que sempre tinha que fazer, de alguma maneira terminava nas mesmas situações. Repetiam-se uma e outra vez, pois estava consciente de que nunca enfrentava as coisas. Sempre quis mais, só um pouquinho mais dessas pessoas às que exigia que preenchessem cada um dos meus vazios internos, que eram produto do eu "não" posso cuidar de mim mesma.

Na situação em que me encontrava comecei a me questionar se, novamente, queria arrebatar dela o mesmo que consegui fazer com outras pessoas.

De volta ao presente e saindo dos pensamentos que seguiam me torturando, retornei ao café e àquela besta sexual diante de meus órgãos reprodutores, que batiam como tambor. Movimentava-se, me olhava e nada podia definir. Sabia e pressentia que era sagrado para a Maga. A intuição de uma mulher é de cuidado, especialmente quando duas delas estão buscando o mesmo em um homem.

A nós as fêminas não nos concerne o homem como tal. Quando se trata de outra mulher, somente queremos o poder que acompanha esta adversária. Preferimos como opção entrar mais nas lutas externas e evitar a todo custo as internas. Portanto, o melhor é esmagá-la para que não nos cause nenhum dando no futuro. Tirá-la do jogo se converte em um prazer que faz com que nos esqueçamos do que queremos em realidade. Como consequência, nenhum dos dois conseguíamos nos posicionar até este momento.

Quem era quem em relação à Maga? O que era que me esperava neste caminho e suas sombras para começar a reformular minha própria designação?

O café ganhou a corrida para minha escuridão. Tinha que sustentar algo até poder revelar o que alimentava o caminho. No fundo, o que amparava a vida do delicioso exemplar e desta fêmea cheia de desejo era saber que eu era somente sua presa, amando os anzóis que já me prendiam em prazer.

"Na rota da pele"

Logo após o encontro, e ainda aturdida pelo lampejo em meus olhos, subi um instante para meu quarto para retocar minha alma derretida pelo tempo. Estava feliz e entusiasmada com o tropeção. Tomei a decisão de tirar o pijama e vestir uma calça jeans com uma camisa florida.Ao terminar de me acomodar um pouco e sentir que estava calma, desci pausadamente até a área de café da manhã, entendendo que cada degrau que descia era um passo para o céu. Entrei pela porta que conduzia entre os quartos e a região dos restaurantes, onde tinha que continuar buscando um desenlace para o que vivia.

Surpresa, espanto e desconcerto. Alguém me tire daqui. Ao chegar na área arrumada para o café da manhã na casa acolhedora, ali perto do sofá, do café e de todos os meus palpitares, a Maga estava sentada em frente ao que eu tinha declarado meu território.

A conexão entre eles remexeu imediatamente nas minhas antigas lutas internas e agitou escombros que ainda existiam em algum lugar que, certamente, necessitava limpeza. Ambos me viram e sorriram entre si. Tinha a sensação de saber que me olhavam de longe sabendo que eu não era porto seguro. Tentei dissimular com minha melhor pose e uma atitude "não está acontecendo nada aqui. Também não me importa, pois não assumo a responsabilidade por nada".

Quis me mimetizar com a mesa. Os manjares que se aproximavam eram deliciosas tempestades. Teria preferido não ser vista. Ser um inseto de Kafka sobre os bolinhos. Nada do que estava acontecendo deveria acontecer, minha intenção de não ser vista me revelava diante de qualquer esconderijo.

Tentava me concentrar no festim arrumado para o delicioso café da manhã onde podia encher minhas mãos e minha língua com o que desejasse: frutas da estação; geleias; bolinhos; aveia; sementes exóticas... Aromas e manjares que alegravam meus olhos com a promessa de seu excelente sabor. Não queria mais nada nesse momento do que provar os doces e agudos desejos daquele homem que agora olhava os olhos da Maga. Pouco a pouco pude me concentrar em meu prato – repleto de cores -. Buscando a calma, comecei a pensar e a ser coerente com a situação que estava vivendo. Os minutos passavam e ambos estavam perdidos naquele espaço que não se entende de fora. Agasalhavam-se entre contos e anedotas que eu nem podia suspeitar. Às vezes me sentia ignorada, abandonada, expulsa do paraíso. Entretanto, desertar agora toda possibilidade diante de tão delicioso banquete era algo a que tinha que me negar.

Somente pude sustentar minha xícara e o olhar. Por um longo tempo me deixei levar pelo arrebatamento de me saber perdedora. Ainda assim, enfrentar tal situação me fazia refletir mais e mais. Queria deixar de ser compulsiva e tediosamente ferida.

Segurei o fôlego. Fui deixando que tudo buscasse um lugar dentro de mim. Pouco a pouco fiquei agradecida por abandonar a situação sem ter que lidar com baixas diante do assunto. O homem estava com a Maga e eu devia respeitar tal espaço. Pela primeira vez senti vontade de rir desde o primeiro encontro com o café nesse dia. Pecado.

Pecadora. Comecei a rir e a lembrar das histórias do café entre a guerra e o prazer.

Assim era a única maneira de poder tecer os passos dentro da alma.

A Maga percebeu tudo o que estava acontecendo. Quem poderia violentar a sapiência desta mulher? Como engana-la? Eu estava começando a sentir que não devia mais me enganar. Levantei o olhar e, ao me encontrar com seus olhos a distância, olhamo-nos com doçura e força. Não era necessário falar. Tudo estava entrelaçado entre nós. Havia a possibilidade de dialogar em silêncio.

Quando pensei que estava a salvo e retornando ao meu antigo sofá, decidida a continuar, avistei que a maravilha andante se dirigia até mim. Aproximou-se e me pediu espaço para se sentar ao meu lado.

Alguns de seus companheiros de trabalho estavam fazendo um recesso das atividades. De um instante para outro, estávamos todos compartilhando histórias e anedotas de cada um. Suas pernas me roçavam e era impossível não sentir sua presença. A Maga tinha voado sem eu me dar conta, pois em um instante já não estava na mesa onde tinha tomado seu café da manhã. Lembrava de seu sorriso quase aliado e então me tranquilizava. A regra máxima: manter o sentido de humor diante de qualquer emergência.

Entre risadas, café e deleites, o homem ao que fazia segundos eu tinha renunciado para mim, se lançava com seu perfume de sândalo e mirra sobre meus desejos. Sua voz ficava grudada na minha pele como mel. Os tambores abandonados há pouco retumbavam.

Passou seu braço por cima de meu ombro e, em meus sentidos que me deixavam escutar, me disse:

- Às seis e meia da tarde passo te pegar para que conheça o templo onde a minha casa está.

Virei minha cabeça. Sorri em seus olhos e, com muito pausadamente, disse: Estarei pronta te esperando.

A batalha de minhas armas e escudos começavam a ser somente minhas. A iniciação tinha começado em ares de tempestades maiores: a Maga, o lugar e os cabelos da vida já tendiam suas redes sólidas diante de meus impulsos de apetite e paixão.

Terminado o evento do café da manhã, cada um se encaminhou às tarefas do dia. As horas transcorriam dentro de mim com o velho relógio de areia, desta vez feito de pedras.

Estava atenta a cada segundo quando os ponteiros do relógio do salão principal retorciam minha alma. Durante o dia todo tentava estabelecer alguma pista ou uma ideia da origem dos olhos divinos.

Quis falar com a Maga, mas me sentia novamente em minhas histórias que se faziam presentes dentro da "traição" e do "medo", espantada talvez, agora mais do que nunca, por violar algo que era mais do que a convicção de saber que estava interessada em algo que talvez não me pertencia.

Era um mastro quebrado de um veleiro que logo se aproximaria de uma tempestade chamada vida.

A Maga começava suas atividades com os novos iniciados. Criava rituais, cantava e fazia soar seu pau de chuva. Escutá-la era estar com a dádiva dos sons que as sementes que chegam a terra fértil emitem. Da minha parte, eu agora era um som e, por sua vez, a terra mais fértil que nunca pude chegar a ser.

Também poderia ser vista às vezes com um cachimbo, tesouro oferecido por seus amigos de terras distantes. Este maravilhoso presente era montado em duas partes (feminino e masculino). A parte da mulher era um pedaço de granito verde água, muito pesado, ao qual haviam incrustado luas e estrelas de cor branca brilhante para fazê-la mais bela. Um buraco em representação do escuro, profundo e enigmático do elemento feminino. Nesta parte era onde se podia colocar a raladura da folha de tabaco para fazer a fumaça que conectava com o cosmo. Do feminino no buraco se abria o espaço perfeito para encaixar o masculino. O externo; o falo; as armas; a guerra; o ereto. Um pedaço longo de uma madeira resistente e muito dura. No momento em que a Maga juntava este universo, se podia sentir a força que fazia este cachimbo sagrado. Seu envoltório era feito de tecidos com símbolos. Peixes e uma ursa branca o rodeavam como abrigo quando não era utilizado. Tinha seu nome inscrito, entalhado por eles. A Maga cuidava de suas ferramentas, sobretudo as que considerava ancestrais. O cachimbo tinha sido o presente de uma mulher sábia, uma aborígene da região de Ottawa no Canadá. O mesmo foi feito só para ela pelos artesãos da comunidade.

A música, a dança e os estados iniciáticos de tudo o que nos rodeava não davam tempo de pensar ou questionar nada nem ninguém. Desde meus começos naqueles caminhos, minha vida não voltou a ser a mesma. Agora podia observar como, fazendo o mesmo com os recém-chegados, suas vidas iam se transformando em consciência mágica.

A Maga seguia abrindo portais em sua passagem. Nestes você se submergia apesar de sua obstinação ou luta. Falo de uma vida em que, em essência, nunca mais devia se dormir ou se acurralar. A Maga tinha a habilidade de despertar em você tudo o que não aprendeu, até que se converta em novas sementes para o plantio.

Havia que ser capaz de absorver muito para logo descartar sem compaixão.

Tentava encontrar um momento a sós com ela, onde pudesse perguntar-lhe sobre este assunto chamado "homem". Talvez agora se convertia em um assunto comum. Um tema a ser tratado entre ambas.

Imaginava-me em uma tempestade com ele, logo de perder diante da Maga por pretender pegar o alheio. As horas começaram a transcorrer a conta-gotas do destino. As dúvidas tomavam conta de mim, os infernos da incerteza me levavam ao fogo da deliciosa sensação de vitória, prazer e sedução. Assim garantia a mudança do caminho a ser transcorrido.

O poder dos olhos estampados naquela janela de meu coração fazia com que buscasse o Sol desesperadamente. Pensamentos românticos iam e vinham a cada instante.

Tomei a decisão de calar minha alma diante da Maga. Esta mulher renovada, aparentemente comprometida, que também queria viver parte de seu destino com responsabilidade.

Agora estava assumindo de antemão as possíveis consequências de meus atos, pois queria viver o caos que nunca tinha permitido a mim mesma.

Em meu lar sempre fui a menina complacente para obter o amor que não podia alcançar por outros caminhos. Eu não era boba, sabia que onde estava me metendo era parte do que apostava para crescer. Sentir um pouco de caos me ajudaria muito no que eu estava tramando, para saber que era livre nas decisões que poderia tomar. Boas ou más, eram minhas e agora somente minhas.

Tinha um pressentimento: faria a Maga entender que tinha encontrado uma independência e alegria fora dela, distante de seu mundo. Ainda assim, sentia que cada passo que começava a dar vinha de outro lugar que não conhecia. Tornar-me responsável pela minha vida era assunto sério e urgente.

Em relação a minha tarefa designada até esse momento, estava claro que devia transcrever todo trabalho realizado pela Maga. Assim que a sensação de dever cumprido estava coberta.

Acredito que enganava a mim mesma. A verdade de me ocultar me devorava por dentro. A culpa zombava de mim e os pensamentos não eram compassivos no martírio de saber que era a perversa da história, mais uma vez.

Como olhá-la nos olhos e dizer que em poucas horas estaria com seu oceano, seu céu ou sua terra? Certamente, não sabia o que representava o homem na vida da Maga. Poderia ter sido honesta e perguntar, mas tinha medo de não provar o proibido, com a certeza de que era possível perder tudo com os olhos abertos desta vez. Eu gostava da ideia e ela me excitava.

Novamente, cheia de valor para me forçar desde a responsabilidade, acertava em sentir a sedução do primeiro passo mortal diante da possibilidade de mudar e ser diferente. Enrolada e disposta a passar pelo que fosse, subi as escadas da velha casa. Observei que as luzes do corredor intensificavam seu brilho com cada passo que dava. A ideia de me ver iluminada cada vez mais me fazia sentir que os sinais estavam ao meu favor. Caminhar e caminhar para aprender. Isto preenchia meu estojo sagrado, meu corpo, de mais vontade que as que alguma vez tive de perseguir ou transcrever a Maga.

A hora estava próxima, os ponteiros tinham sido aliados e bondosos com o tempo e minha emoção. Já no chuveiro, pude sentir a agitação, a exaltação por aquele homem que já era uma proposta de pele. Tentada sob a água morna, percorri meu corpo com minhas mãos, que sabiam de cor o caminho para alcançar o prazer solitário dos dedos como acompanhantes. Inspecionava meu corpo e as rotas sagradas. Tinha que saber nesse momento que o desenlace da noite seria a tomada de decisões de um caminho que se chamava medo.

O antigo camarada de muitos. Medo. Sombra que faz qualquer forma de amor recuar. Paralisador de contos e histórias. Serpente que vai tecendo um caminho que começamos a percorrer de cor para garantirmos a preservação da vida. Odiado medo, que fez com que você o amasse apesar de tantas coisas. Hoje a vontade ganhava de meu antigo companheiro de caminho, hoje era decisão e vontade.

Hoje era hoje.

Uma vida pouco plena, cheia de insatisfações, me fazia pouco conhecedora do estojo que continha uma mulher carregada de complexos e frustações que eu era.

Sempre quis saber mais do amor, descobrir a magia do oculto, o sexo íntegro como conexão com o superior e as portas para esse paraíso. Tinha passado mais tempo fazendo os homens acreditarem que meus gritos em plena faena carnal e as diferentes formas de prazer tinham a astúcia de funcionar rápido, para que estes concretizassem o ato o mais ágil possível, para assim poder voar de mim. Em poucas palavras, se conseguia que o homem acabasse o mais rápido possível, eu estaria no lugar do prazer pouco prazeroso. Ficava repleta dentro de minhas fantasias, que cobriam meus segredos íntimos de ser eu. Não podia confiar a ninguém meus prazeres ocultos, quando a reputação da mulher boa e decente estava em jogo. A complacência jogava sua história e descobrir-me era urgente. Sabia que, a qualquer momento, encontraria um homem que me descobriria brincando dentro dos labirintos eróticos onde me protegia fiel, inquebrantável e oculta.

Mais uma vez, atormentada de desejo, sabia que a noite respondia a todas minhas perguntas, porque era o que desejava. Às vezes pensava na Maga, em seu caminho e no que estaria fazendo nesse momento. Voltava a mim, queria mudar a forma em que devia aparecer, mas não conseguia definir o evento. Casual? Aberto? Desinteressado? Sedutor? Talvez era um caminho para minha pele que desconhecia seu vestido.

A Maga aparecia sem me dar conta em pensamento e dúvidas. Mil e uma vezes repetia a mim mesma: "Ela já sabe deste encontro". Entre o céu e a terra não há segredos. Estamos aqui para empurrar ou ser empurrados, como negar o aprendido e me fazer de menina boba e inocente de novo.

A alma sabia, não se deixa enganar. Se acontece em um lugar, certeza que já está acontecendo no outro. Isto sabia de cor. Somos um.

Pensamos que poderíamos ludibriar o outro. Na verdade, enganamos a nós mesmos cada vez que podemos.

Eu já havia mencionado antes: amante das artes que te ajudam a abrir o coração, ao preço que for. Não era em vão tudo o que tinha feito para ser melhor pessoa comigo mesma. A cada manhã, pensava em sair da armadilha que tinha me construído, pelo medo de viver sendo responsável do que queria e me fazia feliz. Como prática diária, me perguntava a cada minuto: O que me faz feliz? Isto me faz feliz? Aquilo me faz feliz? E assim, pouco a pouco, um dia comecei a dizer: "acho que sim".

Tenho certeza que sim. Lentamente comecei a sentir e a viver o que queria aprender. Tinha me exposto por muitos anos a todo tipo de fórmula que me desse luzes para curar minhas feridas, essas que não me deixavam desfrutar da vida fora da prisão à que aprendemos a ter muito medo.

Cada vez que me ocorria fazer um resumo em minha mente de todo o caminho, tinha que gargalhar de mim mesma. Definitivamente, estamos nestes planos para aprender. Quase sempre escolhemos o que mais dói, para assim termos certeza que pegamos o melhor dos caminhos.

Tive a valentia de me iniciar em muitos dos caminhos. Quase nenhum deles era suficiente, pensava que o próximo talvez seria melhor. Com o transcorrer dos anos, me dava conta que estavam condenados ao fracasso se não agisse de acordo com o aprendido.

Por muito tempo pensei que os demais eram os responsáveis por minha desgraça. Durante anos esperei que mudassem.

Por sorte percebi que não era casualmente que, ao gravitar em meus vazios, somente atraia sempre o mesmo. Terminava preenchendo o vazio desde fora, nunca desde dentro.

Ainda assim, cada segundo valeu a pena. Apesar de ter sido duro, agora que as coisas passaram e me fizeram crescer, começou a ser divertido. Às vezes digo a mim mesma que gosto de buscar o caminho árduo, gosto de crescer. Descobri que o difícil é viver e o mais cômodo é renunciar. Ninguém suspeita que, quando estamos perto de desistir, estamos a um passinho de Deus.

As forças da vida são quase indecifráveis. Esta coisa de estar vivos é coisa séria!

A princípio os processos começaram pelo externo: o corpo; a embalagem; o estojo sagrado; o templo; o que a maioria olha desde a parte de fora. O limite entre o que separa a luz da escuridão, a pele e o espírito, poderíamos dizer.

Nunca me senti agraciada. Nunca estava satisfeita comigo. No começo foram: dietas; massagens redutoras; pequenas cirurgias; muito sol para ter uma pele bronzeada e tentadora; muito exercício – que me tirava a vida para alcançar a figura perfeita -. Treinava mais de seis horas diárias em uma academia; ali encontrava um alívio provisório e em curto prazo. Pouco a pouco a parte física começou a renunciar e a esgotar-se. Esse mundo começava a ser vazio e destrutivo.

Foi nesse momento que comecei a suspeitar que tinha que tomar o rumo de outros caminhos, já que, apesar da perfeição e beleza que via em meu corpo, me sentia traída e muito vazia.

Não era o que eu queria para mim. Eu era para os demais. Buscava-me tanto fora que descuidei de minhas necessidades internas. Nunca imaginei que teria tantas sementes necessitando tanto cuidado. Água, luz e muito amor. Minhas sementes estavam se perdendo com os anos. Colheita após colheita, lutavam entre si para transformar-se em frondosas florestas. Meu jardim estava em risco; minhas flores estavam em perigo de extinção.

Dia após dia, minhas cores eram sepultadas em sombras. Minhas pretensões de controlar tudo, minha arrogância e pouca vontade de me respeitar colocaram minhas quatro estações em risco. Vivi em um eterno inverno. O pouco calor que me procurava era insuficiente para tudo que necessitava florescer e explorar dentro de minha própria vida.

A espera pelos outros e os desejos de tirar a importância ao meu amor próprio se converteram na luta mais transcendental para crescer.

Alternava a rotina de exercícios físicos com pílulas e antidepressivos; uma magreza de alma e um sobrepeso de ausências jogavam com uma amargura infinita. Por um tempo tive que tomar medicamentos. Tudo era muito lento. Uma ou outra vez me ajudavam a buscar paixão, e quando as coisas iam muito rápido, me refugiava imediatamente naquelas guloseimas químicas receitadas para baixar o ritmo. Assim, meu "ioiô" emocional regulava minha vida sem poder sair do jogo.

No desfile de tentativas mencionarei algumas das que fiz por um tempo que, por pouco, me garantiram chegar perto de processos de quase "morte", ou devo dizer "caminhos" ... Era impossível não fazer isto. Destas experiências vem grande parte do que sou e do que entendo da vida como ser humano. Um alto preço, devo dizer.

Por mais de 20 anos tentei ser constante em terapias ou curas da alma, arcaicas e novas. Psicanálise; Gestalt; Imago; psicologia transpessoal; ajuda psiquiátrica ou psicológica. Era um desfile em qualquer passarela de última moda. Entretanto, não quero deixar de fora muitas das outras coisas que tentava paralelamente (do legalmente chamado institucional e algumas vezes não permitido pela sociedade), ainda que de forma escondida.

Meditações; retiros espirituais; reiki; metafísica; jejuns; terapia com mandalas; dançaterapia; massagens; artes marciais; leitura do tabaco; seitas; celibato e entrega ao espiritual. Não obstante, minha sorte não mudava tanto quanto eu mudava de esperanças.

As terapias ou curas começaram a fazer efeito em seu devido tempo. Ou talvez fosse eu a que começava em meu devido tempo. Tentavam transformar dentro de mim sabendo que nada tinha solução até que "eu" decidisse com constância, visão, vontade e amor o que queria mudar ou, definitivamente, olhar. As voltas e repetições eram tão óbvias, que começavam a ser o problema. Estava esgotada, frustrada e possuída pela fúria. Uma viciada qualquer. Uma preguiçosa de alma. Ressentimento ou turismo espiritual eram minhas repreensões constantes. O maior valor espiritual é a própria vida.

Até que nesse vazio total provei as drogas: as suaves, as legais e as proibidas. Comecei com maconha ou Cannabis, logo um pouco de cocaína combinada com álcool. Entretanto, minha vida seguia tão deserta que nem isto me deu um lampejo de luz para, pelo menos, tirar proveito. Isto começaria a gestar a solidão mais profunda que devia transitar. Não havia nada fora que me fizesse tão feliz quanto começar a percorrer meus caminhos internos; os que, com o tempo, demonstraram ser os mais duros, mais difíceis que qualquer outro processo ou experiência que tive a oportunidade de viver.

Muitas vezes pensei na loucura como alternativa para renunciar. A depressão e a doença me estendiam seus braços. Minha vida não se deu por vencida. Sempre quis encontrar, me encontrar. A busca me levou a tropeçar com uma alma plena de sombras. O caminho à cura é mais um movimento constante do que um final feliz.

As emoções eram as donas dos lugares onde eu não podia agir. Adormecida, com mil doenças, pensava sem cessar. Definitivamente, não havia paz para me encaminhar a nenhuma direção segura.

Quando a tristeza me embargava, já nada tinha luz para mim. Sempre pensei que vinha de uma família disfuncional e a descoberta mais maravilhosa foi quando compreendi que era assim. Soube o que era a "Síndrome de Estocolmo"1. Pouco a pouco fui desfolhando a realidade, permiti sentir em meu corpo o terror de estar a ponto de perder a vida nas mãos da mulher que me deu, minha própria mãe.

Poucos brotam de forma segura para a vida. Nascer é um processo tão maravilhoso quanto complexo. Trazemos e carregamos uma tarefa que é digna de arcar em conhecimento para que não se volte contra nosso andar. Ao nascer, todos sabemos o que significa a morte. Pelo menos de forma silenciosa carregamos como memória revestida em cada célula. Fica como uma tatuagem em cada átomo do corpo. Isto é inevitável. Sem ser conscientes, em muitos níveis sabemos a quem responsabilizar por experiência tão espantosa. Nisto passamos uma vida sem enfrentar uma verdade "medo de viver".

1 A Síndrome de Estocolmo é um estado psicológico no qual a vítima de sequestro, ou pessoa detida contra sua própria vontade, desenvolver uma relação de cumplicidade com seu sequestrador. Em algumas ocasiões, os prisioneiros podem acabar ajudando os captores a alcançar seus objetivos.

Toda história é sempre tão sutil e, por debaixo, estas feridas fazem com que não possamos ver nossos pais com confiança. Especialmente "ela", a doadora de vida, nossa Mãe. Tentamos apagar esta experiência, sem nos darmos conta de que minuto a minuto é mais palpável e irremediável. As histórias e dores não percebidas com responsabilidade são a carroça dos fantasmas com os que teremos que tropeçar ao longo do caminho, uma e outra vez, até que possamos abraçá-los e amá-los. É olhar, reconhecer e amar. Daí a possibilidade de rebobinar cada segundo e convertê-lo em algo novo. Do contrário, estamos condenados a dar mil voltas até alcançar um pouco de luz.

Entendi que por negociar uma sobrevivência como menina, tive que renunciar ao amor. O menino ou a menina que aprende a amar ou que aparenta fazer isto é o que está nas mãos de seu captor. Esse que a qualquer momento poderia igualmente descartá-lo da própria vida. Mas nem por isso os pais são "maus", é o corpo que nos ajuda a entender o cuidado que devemos ter para preservar a vida.

Às vezes a vida se sustenta com esse amor. Mas somente às vezes. É nossa tarefa descobrir o verdadeiro significado do que todos tentam entender atrás dessa trilhada palavra que se converteu no maior enigma de todos os tempos.

Amor.

As crianças mimadas ao extremo sofrem todo tipo de problemas, até falta de tonicidade muscular. Acabam detestando seus pais por não ter lhes dado o direito de caminhar com força. Esse é o ímpeto que nos dói e o que nos faz ser grandes guerreiros. Tudo se transforma, nenhum destino é incompleto.

Entender isto me ajudou a reconhecer minha mãe como o veículo perfeito para que minha pele pousasse na terra. Sempre busquei onde o amor estava e muitas vezes pude descobrir... Meu coração decidiu encontrá-lo. As queixas, as tristezas e a raiva ganhavam a corrida com a mulher que queria crescer para ser responsável por suas ações.

Crescer dentro de uma família onde tudo se negocia, faz com que despertemos nossa intuição. Em geral, o preço pode ser muito alto, pois sempre somos grandes controladores e, por desconfiança, vivemos em um estado de troca permanente. Não nos atrevemos a amar, pois nem sequer sabemos o que acarreta o significado dessa palavra.

Em algumas ocasiões, meus próprios filhos perdiam a dádiva de me ter com eles por eu insistir na busca de uma dor que não tinha motivo. No treinamento está a chave do milagre.

Desejava a perfeição; ser irrepreensível; tediosamente correta; complacente. Mais uma vez, assim meu medo de não saber viver se aproximava. Com todos esses erros me dei conta de que a única possibilidade que tinha era reestruturar minha história desde meus antepassados até minhas células, para assim poder celebrar meu presente. Sempre se deve saber o propósito.

Assim, logo após assumir estas etapas como presentes – não como problemas – minha vida emocional começou a dar passagem para algo que desconhecia completamente. Essa era minha tarefa e meu compromisso. Perguntar-me e construir dia a dia um caminho, sem responsabilizar os raptores da minha sobrevivência. Definitivamente, a preguiça é o mau uso da criatividade.

Comecei com meus próprios pés a fazer movimentos internos com muito esforço. Este processo me transformou desde o nascimento à vida e voltar a nascer. Ainda continua com diferentes matizes, como as estações do tempo. Enquanto relato parte de minha história, sigo pensando na Maga e no homem. Estas vasilhas sem fundo se enchem do que tenho certeza de que poderia ser uma poção para me saborear melhor.

Nos anos difíceis que me obrigaram a nadar até as bordas de meu ser interior, tropecei com um episódio que devolveu a minha vida: tomei a decisão de amar a minha mãe, caminhá-la, absorvê-la até a alma, entender que sem sua conexão não chegaria a lugar algum. Este processo literalmente arrancou minha pele e me fez outra. Significava desmontar as estruturas daqueles anos tão traumáticos, cheios de ideias, chantagens, raivinhas e tudo de mais difícil que fez com que meu mundo se convertesse, graças à alquimia interna, em um paraíso cheio de responsabilidades. É a criança ferida a que busca reconhecimento desde suas feridas. Como consequência, se desconecta da realidade de amar e responsabiliza os demais por seus fracassos. Tomamos nossa mãe da mesma maneira que vamos tomando nossa vida a cada dia. A cada jornada me despertava e encontrava acontecimentos dentro da história que tinham a ver com o fato de estar em risco e que ninguém estivesse para me socorrer. O que fazer? Pois, como prática, adotei o costume de respirar, olhar para o evento e mudá-lo dentro de mim. Com somente olhá-lo sem pretensões de mudar nada, um fogo que, ainda que te queime, chega a te purificar. Esse saborzinho de ter a força que fazer isto já era cura.

Graças a este passo, comecei a amar a mulher que há em mim, minhas menstruações de cada mês, a vida que tinha dado aos meus filhos. Comecei a amar o homem que me tomou como sua mulher para me dar seus filhos. Saber-me mãe, entender o terror de colocar a vida em risco em cada ato que traz vida e mais vida. Busquei os nomes e histórias de minhas bisavós e avós; seus amores frustrados; as perdas; a pobreza e as injustiças. Tudo aquilo apenas começava a ficar em ordem. Sobretudo, eu.

Ao amar meus pais, pude me transformar sem cortar a linha da vida. Entendi que minha tarefa era levar nosso legado honesto e maravilhoso como seres humanos mais longe. Encontrar o lugar onde fazer o que me faz feliz era o desafio mais elevado. Nos anos de processos tão assombrosos, a Maga apareceu como uma borboleta cheia de cores e possibilidades. Ela foi um acontecimento transcendental em minha vida, que me permitiu ver o que, sem dúvida alguma, também correspondia ser revelado para mim. A Maga me guiou na investigação de minha alma e de minha origem. Compreendi o porquê e as causas das torrentes emocionais que davam forma às minhas próprias feridas.

Cada emoção está conectada a um pensamento. Por sua vez, cada pensamento está interconectado a uma história. Curar as histórias, olhá-las desde outro ângulo – qualquer -, sem pretender mudá-las, o não julgamento, marcou a possibilidade de tomar o rumo de novos caminhos.

Comecei a ver a imagem grande, não a pequena, tudo o que alcançava me sujeitar.

Ao final, sentir e entender o amor e as lutas de meus pais. Suicídio; abandono; escravidão; prostituição; loucura – para somente mencionar alguns dos destinos que mais marcam as pessoas -, eram a moldura da foto dessas histórias que agora estavam expostas com mais clareza em minha vida. Escutar com calma e respeito me fez saber que, afinal, só estava olhando meu passado amplificado para poder continuar no caminho. Deixar de ser egoísta e olhar em seus olhos o tempo que se perdia em suas rugas, cheias de mistérios e lendas, me deixavam com uma lição de humildade que jamais tinha experimentado.

Pouco a pouco pude restituir uma ordem interna e harmoniosa para minha vida. Começar a fazer algo útil e que gostasse. A cada dia, todos os dias. Um treinamento de vida.

Desde aí consegui ter um lugar justo. Experimentei como meus ossos cresciam rápido para poder sair para uma vida nova que estaria cheia de desafios e de verdade.

As lesões passaram a ser um manto de estrelas. Ainda as sinto e respiro, as faço minhas. Agora considero meu ânimo e gratidão. Nada mais maravilhoso do que poder olhar para trás e sorrir; a sensação é que todos e todas agora me apoiam em meu caminhar.

Quando chove muito forte, não importa o lugar, fecho meus olhos e aí ouço seus aplausos desde o céu terrenal. O primeiro passo no desapego é o amor.

Sigo buscando, mas em outra dimensão. Uma delas é estar com a Maga e poder transmitir seu legado, seu enigma, essa porta que agora se aproxima como presente pelo que alcancei no caminho e no caminhar. Especialmente este último ano que recém transcorre, a Maga saberia com exatidão o que devia cumprir como tarefa para estar no lugar que me encontro agora.

Minhas feridas de menina; a adolescente traída por desconhecer a rota da alma; acreditar no amor a cegas; contribuir com tudo para procurar e mendigar afeto; a fêmea tão sedenta de amor além do que se pode compreender. A mulher sábia que deseja a compreensão infinita do que é "estar". Teias de aranha construídas com delicadeza para prender algo que me fizesse sentir vivamente presa. A única certeza era que devia confiar e acreditar em cada momento, para assim começar a estar nesse Todo. Deixar de ver a vida desde minhas feridas me mostrava uma rota que, até então, desconhecia. Nada muda até que nós mudamos.

Tudo era terra fértil onde semear.

Despertar tem a ver com deixar de ser ignorantes diante da vida.

Desconfiança e ausência de fé são os grandes caminhos a transitar para chegar nós mesmos, Deus, Um.

Assombrosamente, o mecanismo para sair de qualquer circunstância é o medo. Chega a ser um motor silencioso. Tudo se constrói ao redor do medo. Por medo nos perdemos dentro da ignorância. A vida mais frágil e, como consequência, mais poderosa, está em nossos próprios medos.

"Se eu mudo, tudo muda"

O relógio me permitiu saber que chegou a hora do encontro. A bela tarde me faz sentir em dádiva. Meu coração parece um redemoinho e minha vontade de estar com o "homem" é urgente. Como combinamos, às seis e meia iria me buscar. Na entrada principal da antiga casa onde estamos hospedadas, ondem também se encontram as flores mais belas que já tenha visto, as montanhas e o céu são os que sacodem o cosmos da Maga.

Minha vestimenta era digna de um carnaval de sensações: calça larga de muitas cores; camisa laranja; um xale que tinham me presenteado no místico lugar da bela terra guatemalteca chamado Tikal, em que cada ponto do tecido permitia ver a mistura de sua história e cultura. Templos, caminhos, selva e rastros foram a inspiração da terra para poder estampar a essência em tão lindos tecidos.

Em minha decisão de assumir o encontro e protege-lo a todo custo com minha alegria, a palavra "culpa" se aproximou para dar o susto que já conhecia. Entrelaçada com a menina, ainda insegura e em busca de aprovação e reconhecimento, decidi respirar e empreender a façanha destes olhões que faziam que toda minha vida valesse a pena.

Olhei para o relógio novamente e percebi que a hora combinada já não existia mais. Haviam passado alguns minutos. Já eram seis e meia, essa hora já não voltaria jamais.

Devia então pensar no presente imediato e em suas alternativas.

Os antigos demônios construídos por minha mente começaram a rondar. Decidi não os alimentar para manter-me na verdade daquele único momento que acontecia.

Ao não me enganar e poder enfrentar a verdade, sabia que meu único medo era a possibilidade de me encontrar com a Maga e ter que lhe dar uma explicação. Cada segundo era aterrorizador por ser verdadeiro.

Às vezes me confrontava dizendo: "Não há nada a ocultar. Você não está fazendo nada mau". A síndrome de Estocolmo aprontava novamente as suas desde esse passado inapagável. Mas já não havia sequestradores em minha vida.

Eu era a única artífice de encarar minha responsabilidade, assim que me obstinei com meu porte de mulher segura e continuei à espera de meu portador de estrelas.

Caminhei por uns minutos ao redor da antiga casa. Observei com atenção cada detalhe bem colocado e que, em essência, fazia do lugar um local energeticamente muito especial. Velas que eram acesas dia e noite estavam posicionadas em cada degrau ou estante de pedra dentro e fora da casa. Os recipientes que continham a água potável para os hóspedes tinham uma espécie de tampa feita de cristal que deixava levar luz ao precioso líquido. As esculturas eram simples pedras em ordem de tamanho, que demonstravam o equilíbrio perfeito ao se sustentar.

Fontes cheias de água que corriam e que alcançavam uma sinfonia melódica muito natural. Filtros de sonhos pendurados enfeitavam cada canto e faziam as aranhas sentirem-se felizes por sua moradia.

Pude caminhar compassadamente e fechar os olhos que começavam a olhar internamente, desfrutando da maravilha de começar de novo e ver o externo como uma criação do que eu mais desejava. Estou caminhando e já não me lembro.

Somente saboreio o tremor das minhas pernas e o aroma da minha alma.

Internamente, uma mulher repleta de cores e caminhos. Comecei a entender a palavra destino e a vontade de vivê-lo. Estava alerta, desperta. Agora nada nem ninguém poderia me tirar a sensação de pisar com meu coração.

Comecei a descer a pequena colina onde a casa estava. Mas uma vez, a bela paisagem me recordava mil e uma vezes o preciso instante quando a alma quer se dar a oportunidade de mudar, como a primavera.

Um pequeno jardim servia de ornamento para um tanque repleto de peixes. Ao vê-los, me perguntei: como podem sobreviver ao inverno e à água solidificada? Imaginei como seria estar ali, sem pensar em nada, somente viver à espera de uma mudança para seguir na vida.

Deixei-me levar por milhares de perguntas sem respostas. Eram somente peixes, nada mais.

Esperavam a mudança de estação para poder alimentar a vida da água. Na medida em que avançava e desfrutava da minha caminhada a sós, observei detalhadamente o azul do céu. No caminho encontrei uma árvore carregada de maçãs. Peguei duas. Uma para mim e outra para minha menina.

Agrada-me a ideia de dar presentes para minha menina de vez em quando. Esta criança sai passear cada vez que ambas desejamos. Divertimo-nos muitas vezes fazendo travessuras. Ela gosta de sorvete e deixo que dance até o cansaço.

Assim, com ela em calma, a mulher adulta se ocupa com os assuntos importantes e nenhuma das duas interfere com a outra. É minha responsabilidade abraçá-la para que descubra o verdadeiro caminho do amor, sem deixar que sinta medo quando não há afeto. Ela vai nutrindo o lar da adulta que pouco a pouco foi construindo seu lar. Desde este lugar vamos entendendo que, na busca por um salvador, vamos encontrando os curadores que somos conosco. Quando vi minha vida com alegria, gratidão e respeito, todos – surpreendentemente – me fizeram muito feliz.

Tinha me perdido no tempo e começava a sentir frio em meu rosto. Ainda assim, meu coração se mantinha aquecido, pleno de estações, cada uma disposta a dar passagem para a outra. Tudo em seu devido tempo. Levantei o olhar e vi um imenso milharal a poucos metros do caminho. A ideia de convertê-lo em um esconderijo, onde me encontrar com meus próprios desejos, me enfeitiçou. Apressei-me a tocá-lo e observá-lo. Caminhei e entrei por longo tempo dentro desse campo cheio de caules férteis. Mas ao olhar o milho tão de perto tive sensações novas e emocionantes. Nunca tinha caminhado dentro de tal aspecto.

A forma e disposição de cada pequeno grau, protegido pelo cabelo de suas palhas, a ordem, a sequência perfeita. Milhares deles me rodeavam. Tudo me fez entender que o céu estava na terra. A manifestação do maior se perde ao não estar despertos.

Talvez o único que estava acontecendo comigo era que tinha começado a estar viva e, de uma maneira tão consciente, finalmente tudo ao meu redor deixou de ser comum: cada coisa era mágica diante de meus olhos. Ao ponto de que minha caminhada se converteu em uma viagem sem retorno. De repente me senti como em um labirinto improvisado pela terra. E ainda que desfrutasse daquilo com serenidade, me perguntava: "Quem saberá onde estou agora?". Imaginei meus seres queridos: O que estariam fazendo agora?

Fechei meus olhos, abracei as plantas donas do fruto com fervor, para sentir a capacidade de expandir meu desejo de amor aos meus. A intenção era suficiente. Deixei-os saber que estava onde queria. Sabia que essa paz era suficiente para calar os pensamentos e as histórias que sempre se repetem para nos torturarmos. Somos um desde o princípio de saber que estamos juntos e conectados.

Assim, a travessia se enchia de conexões cósmicas e infinitas. Sentia-me tão feliz que pude me surpreender em um espaço estranho e pouco conhecido, devia confiar. Se eu estava feliz, os demais também estariam... Ou talvez não. Dessa forma também tinha que ficar bem. Olhei novamente para o milharal e lembrei-me do Popol Vuh e os pratos que enfeitavam a história culinária dos índios da América. Sentia as mãos do agricultor e sua magia de semear, para logo colher. A sabedoria da mulher, conhecedora das sementes, símbolo da fertilidade na terra, doadora de vida.

Nessa tarde de tanto caminho, sol e presentes, pude entender algo básico e poderoso: nenhuma semente tem final. A vida sempre traz mais vida através dela.

Com este sentir, profundo e simples ao mesmo tempo, comecei a sair daquele labirinto universal que, sem querer, tinha me convidado para entrar nas forças da vida e seus verdadeiros caminhos. Enviei bênçãos para minhas sementes: meus filhos e as pessoas que me ajudaram a crescer (apesar da minha dor), cada uma das pessoas que feri no caminho sem saber disto. Descuidada comigo, a cegueira tinha sido minha ferramenta de crescimento por muito tempo.

Dentro daquelas imagens maravilhosas, uma em especial pulava na minha mente: queria ser uma espiga quente, banhada em manteiga, já pronta para ser devorada por aquele homem que aguardava faminto por mim. A simples possibilidade de que debulhasse meu corpo pouco a pouco fazia com que o tempo passasse com mais lentidão.

"Buscando a travessia"

Distante, na ladeira, pude notar o barulho de uma pequena motocicleta. Aproximava-se pelo caminho que conduzia até a casa que nos dava abrigo. Pouco a pouco a imagem começou a se ampliar. Quando parou diante de mim, soube que a noitada tinha começado de forma surpreendente ao perceber que era o próprio cavalheiro que me esperava. Parecia um Quixote moderno. Um personagem saído de uma tira cômica e, ainda assim, me emocionava a situação de pertencer àquela historinha. Não pude conter a risada. Ele também me ofereceu seu sorriso como se fosse um sol que recém-desperta, e sem que trocássemos uma só palavra, me fez subir em seu cavalo com motor e partimos. Ir abraçada ao seu corpo se sentia como uma benção. Sentia um ar de liberdade, enquanto a paisagem nos abria um sem-fim de possibilidades inesperadas.

Fechava meus olhos e podia sentir as sutilezas da vida no vento gelado que acariciava minhas bochechas. "Como se pode misturar tudo isto junto?" – me perguntava -. Sorria com o Universo, que outra vez me presenteava um novo caminho atrás de uma porta tão simples e, ao mesmo tempo, bendita.

Experimentei a luz da tarde como algo único. "A hora violeta", como a Maga chamava, onde tudo se transmuta, as montanhas, a solidão da terra cheia de alimentos em expansão. Senti-me sagrada. Fiz uma oração ao céu que nos cobria e disse:

- Obrigada, mãe!

Esta era a verdadeira porta para o Universo. Eu mesma era a chave, estava procurando a forma de encontrar a porta. As lágrimas percorreram meu rosto sem poder evitar, mas desta vez eram diferentes; podia saboreá-las e degusta-las como se fossem um manjar, sentia meu corpo na terra e pela primeira vez pronto para entrar na verdadeira espiritualidade.

Não deixava de pensar na Maga, lhe agradecia por ter me mostrado a rota; estava com ela e isso queria dizer que a própria magia cobriria tudo e para sempre. Senti muito apreço por todos os caminhos que em algum momento tomei, pelas pessoas que me acompanharam e, especialmente, por aquilo que nunca funcionou, pois me manteve sempre na busca.

Do nada e no meio do curto trajeto de minha grande aventura com meu cavalheiro, tudo se completou e teve sentido dentro de mim. Somente devia agradecer ao Todo.

A delícia da brisa me fez perceber o estado de comunhão no que me encontrava. Sentia a palavra me fundir em comunhão muito de perto. No trajeto, de apenas algumas milhas, meu corpo – grudado no dele – se permitia voar em sua vontade de apertá-lo. Sem expectativas, planos ou acordos, me prometi somente que aproveitaria.

Viver somente o presente, o bendito momento que estava diante de mim; já não mais passado muito menos futuro.

Quando um caminho é construído de verdade, é feito entre o olá e o adeus.

Esse espaço, com consciência, é o mais maravilhoso que existe quando se está por se descobrir, pois te permite se afastar das feridas, do abandono e nos evita colocar uma carga extra nos sonhos e expectativas que temos; os quais, em geral, nunca se cumprem.

Finalmente chegamos a nosso destino. O frio cobria minha alma. Meu nariz estava gelado, em contraste total com o resto da minha pele. Nada do que vestia era apropriado para a estação e muito menos para um passeio de motocicleta. No entanto, pude comemorar sem muita queixa e dissimular o frio que me devorava. Aquele homem me via com uma doçura comovedora. Sabia que meu sorriso vinha por reconhecer a verdade. Estava congelada e entorpecida.

Uma típica casa suíça, com seus telhados trabalhados em formas de ondas, era o começo do que podia observar. Em sua frente se podia ver o estábulo com seus maquinários, ainda quentes depois de finalizar o trabalho do dia. Era toda uma experiência observar os animais, especialmente as imensas vacas com seus chocalhos, cujos sons pareciam ecos do passado. Ainda se podia avistar o sol que pretendia se pôr no horizonte, sabendo que a qualquer momento cederia seu espaço para a noite e o que se oculta nela.

Pegou-me pela mão e me ajudou com meu xale. Conduziu-me até a entrada da casa.

Na antessala da porta havia um tanque antigo onde os animais tomavam água e que tinha sido transformado em um objeto decorativo; agora era uma espécie de pequena fonte. O som de suas goras, que faziam ondas na superfície, me deixava hipnotizada e completamente perplexa. Eram como portais divinos que estavam a ponto de serem cruzados.

Gentilmente abriu a porta e, com muito tato, convidou-me a tirar os sapatos.

Quando pôde fazer o mesmo com seu calçado, meu olhar estava entretido por um momento ao ver como e com que delicadeza alinhava os meus ao lado dos seus:

Logo me olhou fixamente e comentou entusiasmado:

- Há duas portas e um caminho. Qual você gostaria escolher?

Nunca tinha recebido uma proposta tão enigmática e tentadora. Assim me dei conta de minhas dúvidas e de meu medo de me equivocar mais uma vez. Fechei os olhos. Com voz sutil, lhe disse:

- A direita.

Meu cavalheiro sorriu como se minha opção fosse a resposta que estava esperando. Perguntava-me o que havia na porta da esquerda. Imediatamente, ele sussurrou em meu ouvido:

- Não esperava menos de você.

Então disse a mim mesma: "Devemos seguir".

Entreabriu a porta. Pouco a pouco me transportei aos textos das Mil e uma noites. O cheiro de "myrrha" me arrastava para um infinito que sabia que estava em minha alma e atuava como um bálsamo. Um aroma que era toda uma insinuação. Perfume ou medicamento? Aroma sensual ou droga? Myrrha.

Meu corpo suspeitava das paisagens cheias daquele aroma. Ainda assim seguia me deleitando com o ar e seu feitiço.

A música que quicava no ar evocava a poesia de um rumi e suas danças sincronizadas na terra com o cosmos e seus fervorosos dervixes. Velas dançarinas.

Almofadas elaboradas com as mais finas sedas e tapetes que faziam minha imaginação voar prefiguravam o trajeto para avançar para outra dimensão. Podiam escrever histórias de amor, adultério ou, simplesmente, narrar novelas de cavalaria e relatos de crimes passionais. Fechei meus olhos e pude sentir a presença de Scheherezade, a qual tornava tudo mais próximo a suas histórias para agarrar-se à vida. A cama ou leito estava em um canto e, então, aquele lugar me pareceu um palácio, uma espécie de tenda árabe onde os mil mitos das mil e uma noites podiam ser reeditados para fazer uma nova versão atualizada daquele livro infinito que seguia sendo escrito com minhas vivências.

Tentei me ajustar à situação para não demonstrar minha cara de assombro e fascinação.

Ele me pediu que me acomodasse confortável em qualquer lugar da sala. Fui percorrendo o espaço até que me situei perto de uma mesa que estava rente ao chão. O sagrado aparecia em expressão de manjares: tâmaras, frutas, pinhões e bolachas para os convidados com infinitas espécies, todas novas para meu olfato e paladar. Duas xícaras permaneciam à espera do chá. Seu aroma invocava o Oriente Médio. De repente imaginei que seus vapores se levantavam para sussurrar em meu ouvido os mistérios do invisível. A magia na união de duas pessoas.

Por um instante fiquei sozinha. Disse-me:

- Você está em seu templo, se sinta confortável.

Voltei a me sentir livre para seguir detalhando o espaço. A espera durou alguns minutos.

Sons que vinham da cozinha me permitiam saber que algo estava sendo organizado. Levantei do chão para me dirigir a uma mesa alongada atrás de uma parede. Não era fácil de avistar. Ali me detive para perceber que não era uma mesa, e sim um altar sagrado. Fiquei sem fala, paralisada perante o mundo espiritual que estava diante de mim. Nos anos cansativos da busca, me agarrei a tantas coisas que, pouco a pouco, fui descartando até ficar sem nada. Parecia que o que joguei no lixo nesse tempo, retornava para estar novamente diante dos meus olhos. Uma fé postergada aparecia em uma diversidade de crenças, energias, religiões e sensações que não podia definir.

Por um segundo pensei que tinha caído em uma armadilha. Senti-me tão mal que quase desmaiei. Lembrei-me da minha raiva e como tinha ido deixando de acreditar em tudo porque nada funcionava para mim. A música seguia me enjoando com o dançar das velas. O aroma no incenso me fazia recordar que era um símbolo de honra e respeito para os deuses, mas também parte do ritual nos sacrifícios. As tâmaras milenares também me tiravam do momento presente. Tive que esfregar meus olhos e manter a calma: aquela contrariedade era tão real que tinha medo que aquela magia e ilusão se esfumassem diante de meus próprios olhos.

Quartzos, penas e flores rodeavam a imagem do mestre Jesus; seu legado e o evidente no caminho ao coração. A presença de Gautama Sidarta, o Buda; a maravilha de conseguir observar com atenção e total equanimidade a consciência humana através de sua própria consciência. Observando-se a si mesmo, chegou a conhecer-se. A Mãe Tara, o Buda feminino da sabedoria e da compaixão ativa. Shiva Kriya, a quem foi outorgada a instrução mais elevada da humanidade para cumprir seu propósito, alcançar a consciência cósmica. Uma bela efígie da amada Kwan Yin, deusa da misericórdia e do amor, capaz de trazer a chama da compreensão e da misericórdia desde o próprio coração de Deus.

Krishna, que nasceu em uma prisão; os ensinamentos de como Deus teve que encarnar e se apresentar na escura e estreita casa-prisão de nossos corações para que possamos obter luz e ganhar a liberdade. Ah, os olhos ardiam e o coração se abria.

Lakshmi, venerada na Índia como a deusa da riqueza e da beleza. Acredita-se que os que a adoram conhecem a felicidade imediata. Normalmente é representada com seu companheiro Vishnu, o conquistador da escuridão. Como manifestação sagrada de todas as formas de prosperidade, ela é talvez a deusa mais popular dos deuses e deusas hindus.

Por último, havia a imagem do grande Mestre Ramana Maharshi, um importante religioso hinduísta, um dos mais conhecidos do século XX. Pertencia à doutrina vedanta adwaita (não existem almas e Deus, e sim que as almas são Deus). O núcleo de seus ensinamentos foi a prática de atmavichara, a indagação da alma.

Esta imagem particularmente me marcou instantaneamente como uma centelha fulminante. Era a máquina do tempo e suas coincidências. Fazia muito pouco tempo tinha estado em um retiro na Costa Rica. Sua foto estava em um lugar entre os livros, colocada de tal maneira que se entendesse sua presença como algo importante. Olhei-a cada vez que podia. A cada manhã e a cada instante que estava em silêncio me perdia em seus olhos e gostava da sensação de conectar-me com a força de sua energia, agravável, grande e humilde.

Nunca soube quem era, o importante era o que meu coração me permitia saber naqueles instantes. Logo comecei a indagar sobre sua existência e encontrei isto que me marcou desde aqueles começos: "Por que você se preocupa com deuses que vão e vem? Você não percebeu que os mantras, os rituais e a oração são excelentes até certo ponto? Chega o tempo em que se tem que abandonar tudo isso. Somente quando você deixou tudo para trás, inclusive os deuses, é que alcança a visão sem princípio nem fim, a visão do Ser Supremo".

Pois ali estavam quase todas as imagens que pertenciam à minhas lutas. Sobre um altar em uma casa de um desconhecido que parecia o espião de meu passado. Onde eu estava? Quem era este homem? Teria a Maga algo a ver com o que eu estava presenciando?

Retornei para as almofadas, encostei minha alma na parede, estava atordoada. Os cabelos livres apareceram com a água fumegante para as ervas que eram beijos da terra. Ficamos em um silêncio que cortava. Não podia fazer muito, somente me entregar a meus desejos ocultos de todas as minhas vidas. Aquele lugar sagrado, cheio de enigmas, me acolhia e aquele homem me falava desde a essência sem dizer uma palavra, somente com seus olhos enfiados em minha vida.

Naquele espaço de silêncio não cabia nenhuma pergunta. Qualquer comentário inadequado teria acabado com aquela maravilhosa conexão. Era impossível colocar em palavras. Em um segundo, o espaço começou a se estreitar. O tempo se fez completo com estas duas pessoas que compartilhavam caminhos e céus. Eram dois espíritos que se entendiam de tal forma, que lhes bastava um simples olhar para se sentirem indivisíveis. Vidas passadas que, talvez, se escondiam na luz de algumas velas dançantes, umas tâmaras e um Rumi que seguia à espera de seu Xamece de Tabriz.

Às vezes olhava para seus longos cabelos ondulados pela luz que os iluminava, sua tez morena queimada pelo sol dos desertos. Eram como um oásis na vista de quem sente sede de amar. A qualquer momento podia naufragar em sua boca. Seus lábios eram um oceano em plena tempestade e eu temia perder meu navio naquela tormenta. De repente, o teto que nos cobria se abriu em janelas para o céu, as velas começaram a piscar e o tempo se esfumaçou. As imagens pareciam tomar vida e eu pude somente inclinar minha cabeça. Com uma voz doce como o mel, me disse:

- Meu coração é sua casa.

Cobriu-me com uma manta prateada estampada de estrelas. Então era eu a que contava as histórias em minha alma para poder sobreviver. Rumi e Xamece subiram ao telhado comigo. Fechei os olhos e pude repousar minha cabeça.

Não sabia onde, mas a palavra era de Deus. Sabia sobre a presença divina pelo trabalho, pelo ofício que alguém exerce com tanto fervor e respeito. Também sabia que a porta para Deus eram os pais e caminho até Deus o(a) companheiro(a): os opostos, a plenitude e os espelhos.

A Maga e seus aprendizados... Era impossível não me lembrar dela nesse momento de estrelas. A música; os véus; os altares; as estrelas e o amado agora tinham me levado pela mão e me balançavam como ondas no mar. Perdi-me. Entreguei-me, e ainda assim sabia o que era usar minha própria magia. A sensação de amor, proteção e a espiral da vida se juntaram e me senti aquietada por uma espécie de cadeira de balanço com longos braços que buscava somente acalmar meus ossos e minha mente.

Apaguei o tempo, me converti em presença. Ondas de novas sensações começaram a chegar. Tentava não me assustar. Queria me permitir surpreender pela maravilha de ser mulher. Estar tão presente, sem histórias, me dava a sensação de experimentar uma paz diferente junto ao amado. Logo abriria os portais e conheceria sobre a união em outro nível.

Não queria me questionar a respeito da verdadeira espiritualidade, sabia da morada de Deus na terra. O espaço que ele habita entre um homem e uma mulher. Era hora de ceder aos enigmas da pele. De forma que me consagrei ao silêncio e senti meu corpo que se dispunha a alcançar o absoluto fora dele. Comecei a conhecer sua casa, a que ele garantia que era meu coração. Compartilhamos às vezes o chá da mesma xícara. Quis fazer uma pausa e perguntar o conteúdo de tão maravilhosa poção. Negava-me com a cabeça a impossibilidade de me revelar o segredo milenar do conteúdo da bebida. Insisti em minha curiosidade. Então concordou em compartilhar comigo o desejado segredo que devia guardar.

- O conteúdo do chá se baseia em alguns ingredientes trazidos diretamente dos países árabes – comentou -. Quando as mulheres estão prontas para dar à luz e alcançam o ato da vida, a delícia aparece para os que visitam o novo membro da família. Preparado por mulheres sábias e mais velhas, todos devem compartilhar em goles para celebrar o parto recente. Não posso revelar seus ingredientes com exatidão – exclamou – já que o que estamos bebendo nesse instante foi um obséquio de minha avó. Ela é capaz de curar almas somente com esta poção. No entanto, posso garantir que contém: noz moscada; canela; gengibre; anis; cravo doce e alguns outros que não lembro. Logo agregou:

- O ingrediente mais importante são os pedaços da árvore da vida, a única que consegue viver no deserto e resiste diante das inclemências da natureza e do tempo. O conto me transportava. Desejei conhecer a sábia mulher e suas mãos mágicas. Fechei os olhos e agradeci desfrutando a noite e seus segredos. Tudo tinha os requisitos para chama-lo de ritual da vida.

O amor já à porta, justo e digno. Trocamos as tâmaras cruzando os lábios cheios de histórias e relatos ancestrais. A doçura e suavidade eram tão eróticas que era impossível não sentir como o ambiente e a tenda repleta de almofadas sobre os lençóis de aromas aguardavam nosso encontro. Fecho os olhos e posso reviver tudo. Revivo nesse instante, a noite toma conta da minha pele e os aromas me levam...

Deixei-me acariciar por seu fôlego. Não havia nada na escuridão das velas que não vissem seus olhos sedentes por minha fonte.

Com muito cuidado correu os véus de uma porta que apenas mostrava sua entrada para nos levar até Ele. Deixei-me transportar em seus braços.

Deitados na tenda das mil e uma noites deslizou sua mão através da manta de estrelas e me beijou. Logo fez uma pausa muito aguda para minha alma e me disse:

- Descanse em sua casa. Eu aguardo pelo coração.

Pode alguém chegar a estar embriagado de cosmo? Sentir o divino fora da eternidade? Repousada na doce calda de sua presença, o guiei com minhas mãos e meus lábios a cada recanto oculto que devia ser explorado por outra pele que não fosse a minha. A música, o incenso e a árvore da vida eram as testemunhas do que deixávamos que acontecesse. Os sons retumbavam nas paredes do templo e faziam eco na luz das velas.

Quis apagar o espaço, o tempo e me deixar levar. Às vezes o cansaço da alma me despertava e ele estava ali, olhando-me e lambendo-se com seu coração. Seus olhos me diziam que queria até o último pedaço do que eu poderia oferecer.

Os sonhos e suas histórias que tentavam tocar minha porta para me levar novamente ao fosso do meu passado me assaltavam. Sabia que este homem não podia demolir minhas dúvidas ou meu passado. Somente esperava ser convidado para se sentir um com Deus. Foi uma noite de pausa espiritual e assim pudemos encontrar a fúria da pele. Fundimo-nos. O prazer nos fazia invocar a palavra sagrada: união. Palavra feita realidade quando é aliança do tudo com o Todo.

Estou toda molhada e guardo um calor que agora ele busca dentro de...

"A escuridão da luz"

Amanheceu. O sol apenas cobria com uma luz tênue os corpos cheios de prazer, fundidos na delícia da plenitude. Já não éramos os mesmos. A noite tinha feito sua mágica e nós não fomos a exceção.

Envolveu-me com seus braços de luz que faziam brilho em meus olhos. Aproximou um gole de chá quente da minha boca. Bebi o amor naquela poção mágica. Entretanto, me disse:

- A água para seu banho já está pronta.

Que delícia de caminho tinha ganhado ou, pelo menos até esse momento, parecia a via até o Sol sem risco de que minhas asas se derretessem. No entanto, a cada instante devemos nos instruir. Quanto mais nos abrimos para as esperanças de cantar vitória, mais deveríamos pensar na possibilidade dos aprendizados, experiências e ser humildes enquanto as lições da vida transcorrem e o que nos corresponde aprender. Desde este lugar é que sabemos sobre o poder e suas dimensões.

Sabia que sempre tinha sido uma mulher especial, mas reconhecer-me em tudo aquilo que sempre soube merecer me fez sentir estranha. Pegou minha mão e ajudou a me levantar para sair da tenda das mil e uma noites, que ainda conservava os lençóis quentes. Tudo tinha aquele aroma.

Ao entrar no banheiro, fiquei perplexa ao ver a banheira cheia de água fumegante. A fragrância que esta expelia me obrigava a seguir na sensualidade da noite que nos guiou até o amanhecer. As cores das pétalas de rodas flutuavam na água como paleta de pintores.

Não era um sonho. Era real. Ali estava o guardião de minha alma e meu corpo que tinha dedicado seu tempo e energia para encher-se de natura e cultivos.

Ajudou a me submergir na água quente lentamente. Fluir, líquido, a essência. Uma vez ali, quando me senti relaxada e em total calma, fechei os olhos e deixei que meu estojo flutuasse. O sultão de tempos remotos foi se aproximando pouco a pouco. Logo após um beijo sutil, húmido e lento, me disse:

- Gostaria de te mostrar as marcas que fazem a rota da minha vida, quero que você as veja na luz.

Contive-me. Estranhei e fiquei desconcertada por tal pedido. Não podia me mover, muito menos piscar.

Tirou o roupão branco de pano que o cobria e a deixou cair no chão. Assim revelou as cicatrizes que sepultavam sessenta por cento de sua pele. Todo o lado direito estava talhado por marcas de fogo e seu ardor ao queimar a extensa pele. Agora se mostrava uma cor insólita, derretida, enrugada, pregueada no que as chamas estamparam para sempre sobre a cobertura. Comecei a me refletir nele como se suas feridas fossem as minhas.

Ao olhá-lo fixamente sabia o que estava fazendo com meu próprio corpo, o que tinha rejeitado tantas vezes. Resultava absurdo conhecer a razão ou motivo daquilo. Contive o silêncio.

Não queria intervir naquele momento com nenhum tipo de comentário ou pergunta que parecesse fora do normal. Apesar de que com o que estávamos vivendo, já era um pouco difícil não sentir compaixão e um pouco de pena por meu cavalheiro de contos.

Não havia espaço para nada. Em mutismo absoluto percorri cada detalhe do mapa de seu físico. Não me atrevi a pronunciar uma palavra. Ele me olhou e entendei minha mudez.

Aproximou-se da banheira e próximo a mim me disse com muita ternura:

- Gosto do amor com o que consegue me ver. Espero que algum dia sinta a mesma compaixão por você.

O silêncio era meu inimigo.

O comentário de meu homem gentil com sua armadura acabou de me esmagar sem clemência. Levantou-se, pegou o roupão branco de pano que ainda seguia no chão e, uma vez com a alma coberta, se dispôs a abandonar o recinto de banho. Havia uma ferida que estava se abrindo e parecia eterna. Não localizava onde estava o que acabava de me partir em duas. Fiquei espantada por um momento. No entanto, o que conseguia refletir ou entender não vinha do exterior. Minhas lágrimas já eram os espinhos das rosas que sempre tentei evitar.

Era verdade: sentia compaixão pelos demais, mas não para comigo. O que estava começando era uma lição. A capacidade de tanto amor para com os demais me deixava sempre com a pele e o coração carbonizado. Não podia existir um amor honesto que não começasse por mim. Senti-me estranha em um mundo que não conhecia bem. Tornar-se consciente, deixar de ser a boba, era o aprendizado que devia agora praticar com prudência. Tudo novo ou tudo de novo para fazer diferente?

Passaram longos minutos onde, sentada na banheira, as pétalas me falavam da beleza em silêncio. Fui me levantando e alcancei a toalha que estava perto da parede da banheira. Aproximei-me do espelho e da imagem de meu rosto. Observei-me um longo tempo, via rostos de mudavam mais de uma vez. Era eu? Quantas estávamos no espelhismo da realidade.

Fui cuidadosa e bondosa com ele ao percorrê-lo e admirá-lo em cada detalhe que antes rejeitava. Agradecia minha pele, pernas e tudo o que as mãos eram capazes de alcançar. Sai do banheiro e, ao olhá-lo fixamente nos olhos, senti que ambos tínhamos o afeto em nosso ser. Abraçamo-nos por um longo tempo em silêncio. Alegramo-nos no espaço e no respeito.

O agora cavalheiro com a espada em punho esperou por mim até que estive pronta para retornar. Havia cumplicidade nos olhares. Cada mão se encontrava com sua oposta pela gratidão e honestidade de ambos. Olhava-me com a mesma compaixão que fazia falta a mim mesma e nunca tinha procurado. Na realidade o amor que se desconhece dói mais que o golpe habitual do desamor.

Aproximei-me da porta e mais uma vez me equilibrava como a vida, sentia tudo em um fluir justo, tudo tinha se fundido comigo e sentia que eu me moldava com tudo.

Agora tinha que avançar para o próximo passo, o que sempre decide o que deve permanecer, continuar ou ser finalizado.

Já retornando para a casa antiga, a neblina honrava a paisagem. O orvalho da manhã não deixava a luz levantar das montanhas, que enfeitavam o dia recém-chegado. Serenidade, tranquilidade e desfrute adornavam o caminho para ambos.

O que era o que estava mudando? Como que mudava tudo? Perguntas e mais perguntas. Parei e disse a mim mesma:

- Se algo está mudando, não tenho por que saber o que foi ou como, somente mudou.

O que podia sentir perto de mim era minha vida com seu corpo e um propósito que se aproximava para me dar um alerta.

Existir com a experiência do vivenciado me levaria a conhecer-me mais. Estar diante do outro fazia com que me conhecesse no mais escuro, mas esta paz, que era bendita, me fez sentir plena perante a vida e minha busca.

O essencial já estava acontecendo dentro e fora de mim. Comecei a apreciar a diferença dos amores tormentosos em relação aos sutis e os pouco apaixonados. Comecei a relembrar do homem que tinha marcado minha alma e minha pele por tantos anos.

Tudo transcorria muito rápido enquanto seguíamos caminho até a casa. Era inevitável revisar as contas e começar a fazer um ajuste interno entre os lucros e as perdas. Havia perdas?

Então, a palavra "amor" começou a desfilar diante de meus olhos para conhecer seu real significado. Era impossível não recontar a mesma história que muitas vezes tive que repetir para mim até me entediar. Mais uma vez, enquanto o tempo e a chegada até a casa passam, me perco em pensamentos do passado e, por que não, curado.

O homem, meu companheiro de caminho. A "gravura de alma" como quero chama-lo.

Quando nos conhecemos, cada um já carregava divórcios; rompimentos; abandonos; enganos e já pare você de contar.

Um casal de filhos de cada lado e a esperança de montar uma família que desejávamos com todo nosso coração.

Roçamos nossas peles e nossas almas em uma festa de uma noite calorosa. O anfitrião de tal evento era nada mais nada menos que o destino, coisa que era impossível de se prever. No entanto, quando o amor te arrasta pelos cabelos, te deixa sem opções e não há nada além do que sucumbir diante do fato. Os vazios precisos fazem sua aparição e tentamos desesperadamente, preenche-los desde fora. Não obstante, nada mais impossível do que negar à vida sua passagem e seu aprendizado; isto é o único que pude experimentar e sigo vivendo deste amor. A ideia de se manter em paixão tem a ver com a capacidade de nos descobrirmos com o outro diariamente.

O "gravura de alma" tinha os cabelos brancos como o amor que toda mulher deseja ter em estado de pureza. Tínhamos empreendido uma vida expostos; a maior revelação e transformação que tive que viver como mulher, pelo menos até este momento.

Apaixonada cegamente, cheia de vazios e com desejos de perfeição, comecei a me dar conta que este amor estava cheio de poucas coisas válidas.

Chegava a ser a história repetida do aprendido desde longe, o de cada, o cotidiano da menina que crescia fazendo trocas emocionais para sobreviver mais de uma vez.

A vida e o tempo que nos esforçamos em construir, somente eram alcançados através dos prazeres ilimitados da pele vazia de alma. Sexo, sexo e sexo. Obrigávamo-nos a entender que um devia amar o outro custasse o que custasse. Empenhamo-nos na perfeição que nenhum entendia. Descuidamos da verdade interna de cada um, para não caminhar o que era necessário dentro da relação. Totalmente descapacitados, começamos a engatinhar, nos confundindo no risco de cair mais e mais para baixo. Assim chegamos a nos ver nos olhos de vez em quando. Logo após a euforia, os insultos, a violência e o desrespeito, acabávamos fazendo amor novamente para florescer na pele o que devia se perder a qualquer momento. Ao terminar a barbárie emocional, nos olhávamos tão perdidos e feridos, que tudo se traduzia em choro, na loucura do perdão ajustado à culpa. Estávamos inutilizados e chamávamos isto de "o maior amor sobre a terra".

Nossas atividades, o trabalho, as relações na família e os amigos entraram na etapa de perigo. Já nada tinha sentido e a raiva era a companheira de ambos.

Fomos nos isolando lentamente com a desculpa de proteger nossos medos. Tudo começou a se apertar e ficar muito estreito. O sofrimento de uma relação cheia de desconfiança e insegurança acabou se apoderando de nosso caminho.

Sempre fui uma mulher com tendências a ser infiel, desleal e muito queixosa. As perguntas sempre foram: Onde está o que me fará feliz? O que me faria feliz? Sabia que nenhum homem com o que poderia compartilhar a vida comigo era suficiente. Nunca pude ser leal ao compromisso que uma relação significava. Desta maneira, garantia a distância que nunca me deixava conhecer o amor e seus caminhos. Ser traidora era uma boa saída para saber que era inválida em todos os sentidos. O que menos tolerava em mim eram duas coisas: a primeira, me ver exposta mais de uma vez ao que queria fazer; a segunda, a vitimização do que tinha feito. Pulava das buscas para as culpas. Assim era construída minha exploração cada vez que buscava o amor que ainda não estava dentro de mim.

Nós mulheres não somos monógamas e o homem sabe. Nosso poder interno é tão maravilhoso e poderoso que, antes de aproveitá-lo plenamente, nos convencemos de ser as vítimas de tudo o que acontece ao nosso redor, incluindo os assuntos do coração. Gostamos de um homem de poder e eles se enfeitiçam por uma mulher de autoconhecimento, sábia, guia e, sobretudo, muito mulher. No entanto, por viver nesse permanente vazio, não sabemos apreciar a diferença entre amar de forma íntegra ou ser livres; preferimos responsabilizar nossos homens pela desgraça que nós mesmas procuramos durante toda uma existência. Enche-nos de prazer ver como um homem enfrenta outro pelo território e sua fêmea. Consideramos isto um ato sensual e sedutor. Gostamos que façam amor conosco, se tivermos que fingir um orgasmo, fingimos. Ficamos totalmente vazias de alma, mas fazemos o homem acreditar que nos fez muito felizes, quando na verdade o que queremos é que o sêmen do macho seja de minha propriedade para que nenhuma outra fêmea o tenha.

É preferível esgotá-lo para que inclusive, chegando até a outra, esteja debilitado.

Medito profundamente, visito minhas avós em outros planos. Mulheres poderosas, lindas e férteis. Agrada-me sentir que foram grandes sedutoras e mulheres desejadas. Nunca acreditei naquilo que tudo era tecer em uma cadeira de balanço enquanto viam o entardecer com olhos de cordeirinho.

Toda mulher tem um poder maravilhoso.

As mulheres verdadeiramente inteligentes nunca renunciam ao amor em qualquer de suas formas.

Possuímos dois corações, o feminino e o masculino. Ter esta energia integrada faz com que estejamos conectadas com nosso poder interno e, ainda que em guerra, acalmemos o homem mais selvagem. O homem busca guerras externas, pois desconhece as internas.

A mulher acalma as guerras externas, já que sabe sobre as internas. Possuir conhecimento dos corações faz com que o espírito nunca se seque. As mulheres aprendem do que a vida quer, entendem da terra fértil e suas sementes. Nega a si mesma a busca pelo poder usando seus filhos para obter beleza e juventude eterna. A mulher que se sabe mulher abandona o papel de bruxa na busca pelo poder, e se converte em Maga porque sabe do poder. As Magas são capazes de amar todas as mulheres, jovens e anciãs. Têm que viver uma transformação de conhecimento para saber que há certos poderes que podem se reverter até prejudica-las. Daí a maior transformação e o caminho até a Maga.

Se ainda fosse pouco, queria ser a mulher perfeita naquela relação desgraçada. Quis tentar o caminho de ser a mulher dedicada e abnegada que nunca pude ser.

Naqueles tempos, retornava mil e uma vezes a ser a mesma menina ferida e condescendente com o homem que acreditei amar. Em minha nova etapa, gostava de provar a fórmula do desconhecido, ainda que a sorte não tenha estado ao meu lado por não querer fazer minha parte. Já tinha me ferido o suficiente, e desta vez pretendia entregar meu coração até o ponto de ser novamente um trapo, com o objetivo de sustentar minha relação. Aqueles amores tolos que não morrem, pois preferimos sofrer. Devo admitir que os arranhões que procurei em várias ocasiões não me faziam uma santa.

Comecei a me fundir mais uma vez com a síndrome de Estocolmo. "Graças a Deus, existe uma definição para a relação que muitas chegamos a ter com nós mesmas e os chamados amores". A relação se baseava em um detrimento lento, mas muito certo.

Tarefa dura e difícil entender que este tipo de dependência não é motivo para crescer juntos. Abusivo, controlador, capaz de violentar sua alma, não pode representar a paixão nem o amor. É somente demência.

Começamos a nos separar por etapas. A intermitência se tornou rotina em nossas vidas. A cada mês, a cada semana, a relação acumulava mais infelicidade. O desgaste emocional de ambos e, como consequência, para nossos seres queridos, os filhos, que observavam nossa conduta caótica que girava em círculos, já era insustentável. Ainda assim, todavia apareceram novas fórmulas para o desrespeito, com a crescente desconfiança que começou a tornar tudo em algo muito perigoso. Da mesma forma, pensava que isso era amor e que a qualquer momento nossas vidas poderiam mudar. Ainda pensava em algo chamado milagre, ou a irresponsabilidade de pedir que algo se resolvesse, enquanto eu me recusava pela inércia e a pouca decisão.

Os "te odeio" se escutavam com mais frequência que qualquer outra expressão de vontade, e assim se preenchia diariamente o repertório de agressões e abusos. Não podíamos nos comunicar, muito menos nos amar. Os ciúmes e a concorrência mútua quase nos levaram à autodestruição. Muitas vezes pensei em apaga-lo e algo dentro de mim me dizia "você é exatamente igual a ele". As crises e desacertos continuaram pelo tempo que chega a ser interminável.

Comecei então a sentir um esgotamento parecido a uma perda de vontade de viver; a sentir pavor de que ele me surpreendesse em qualquer coisa que pudesse ser "não confiável", ou que não poderia demonstrar. Deixei de me ocupar com o básico e com minha própria vida.

Preferia que meu telefone não tocasse, comecei a me fechar em mim mesma, deixei meu trabalho até que pouco a pouco, de forma inevitável, fui me fechando em minha própria história. Como muitas mulheres, o que tinha feito era inventar um asilo onde me enclausurar e poder dizer que amava intensamente.

A relação que já estava há muito tempo na corda bamba acabou arrebentando na sua parte mais fina. No processo de rompimento, no vaivém emocional que estabelecemos, buscamos ajuda profissional, mas nunca soubemos como recebê-la. Chegamos tristemente à conclusão de que nenhum dos dois podia viver sem dor. Éramos viciados nessa terrível maravilha que é o sofrimento, essa espécie de narcótico que te faz sentir vivo, sem nunca te deixar saber o que é a vida.

O único que fizemos um pelo outro foi nos lembrarmos, constantemente, da capacidade de suportar uma vida que estava sempre a ponto de desmoronar. Assim chegamos ao fato de que, em cada despedida, havia a possibilidade de que um terceiro entrasse e nos resgatasse do que vivíamos, como finalmente aconteceu. Logo após um tempo prudente de silêncios e distância, cada um pôde sustentar sua vida em outras relações simultâneas à nossa, mantendo a raiva e o desconsolo de saber que fomos inúteis ao tentar crescer e manter o que ambos desejávamos.

Quando a relação fracassava de um lado ou do outro, entrávamos novamente no sobe e baixa do enlouquecimento. Nada parecia terminar. No retorno de uma nova tentativa, a última, decidi empreender uma direção que me tiraria definitivamente do buraco que eu mesma tinha cavado.

Sabendo o quão doloroso era o que devia percorrer, tomei a decisão de pedir-lhe que tentássemos mais uma vez. Mas desta vez a diferença para mim consistiria em estar muito consciente de minhas necessidades. Somente queria chegar a ser autêntica comigo mesma, ainda que a mera possibilidade de ser feliz e espontânea diante dele seguia me dando pavor.

Percebi que tinha pânico da solidão, mesmo estando com ele. Este foi o primeiro passo para então saber o que eu queria de um companheiro quando minha solidão não tinha fim. Reconheci a dimensão de meus próprios ciúmes repletos da neurose volátil. Insegurança, desconfiança até ver como minha demanda por companhia acabava com tudo o que pudesse se chamar "relação".

No entanto, na medida em que escrevo esta história, apesar da dor que pode ter causado, devo admitir que foi uma das melhores vivências do caminho. A sensação de que uma corrente de água em inundação abriu novos canais para que todo o possível fluísse. A dor já não era uma opção para estar apaixonada, mas tinha que o sentir para o aprender. O sofrimento não é necessário, deve-se abandoná-lo, já que não leva a lugar algum. Aprendi que era capaz de ficar para sempre em um amor mesmo sabendo que era disfuncional. Em boa parte de minha vida escolhi a opção da guerra, crueldade, desrespeito e da violência como se todas essas coisas fossem provas de amor. Agora sei que não é assim e que pode ser diferente.

Lembro-me daqueles dias e não me resta outra opção a não ser "Agradecer". Se sente um alívio profundo e renovador. Nossas vidas estiveram à beira da loucura. É bom olhar para isto quantas vezes for necessário, sentir sem raivas passageiras; deixar que, o que quer que tenha produzido, chegue a florescer dentro de si. Reconhecendo o que foi, como foi, empreendemos o maior ato de responsabilidade com nossas vidas, e isto deve ser feito superando qualquer dor, pois somente atravessando-a podemos sentir alívio, e, sobretudo, impedir voltar sobre os mesmos passos. Lutar ou negar, pelo contrário, é a fórmula perfeita para seguir nos prendendo mais e mais à dor. Tem o efeito de um elástico invisível; quando mais você empurra, mais presa permanece. É o típico "te odeio, não me deixe". Cada vez que, de coração, quero revisar esta parte de minha história, me vejo no tempo como a menina que queria – mas não sabia como – crescer e aprender.

A maior tarefa agora é me amar e me transformar com respeito e dignidade. Com constância e vontade, enfocada permanentemente no que quero. Muitas coisas me ajudaram a conhecer as razões para buscar um amor assim para mim; mas, quaisquer que sejam, sempre terei o coração aberto para saber que também fui responsável pelo que aconteceu. É a única coisa que me garante ter e manter meu coração agradecido.

Quando visito alguma cidade e me sento no parque onde as crianças se distraem brincando, imagino que somos nós dois que ficamos ali para sempre, disputando por algum brinquedo ou esperando o eterno e desejado reconhecimento por qualquer proeza. Agora a mulher adulta e madura pode vê-los à distância e, de vez em quando, se desejo, levo para eles balinhas e tento abraça-los para que já não sigam sobrevivendo entre tanta guerra.

Hoje agradeço aos homens que pude amar e aos que não pude amar em retorno, por tantas histórias que vivi, pelas suas que ainda desconheço e que fazem caminho com eles. Quando me lembro de todos amo-os profundamente, assim como são, como foram em sua essência, seja qual for. Cada um, da forma como pôde, me levou a conhecer mais a mim mesma até chegar a ser a que sou hoje em dia.

Onde quer que estejam e especialmente a você, obrigada por cada dia compartilhado. Aos que não lembro e pude ferir, lhes digo:

- Lamento pelo que aconteceu.

Como adultos, agora somos responsáveis e cada um pode pegar vias alternativas, diferentes da luta e da devastação.

"A energia se movimenta graças à energia"

Aprendi com a Maga sobre as consequências que operam igualmente quando duas pessoas estão conectadas pelo laço do amor, ou o contrário. Gerar bons pensamentos em relação aos outros não era coisa nova para mim. No entanto, poder entender a energia, apalpá-la em seu verdadeiro espaço e dimensão, foi uma das coisas que mais me faz ser cautelosa e, antes de tudo, respeitosa. Ninguém engana um destino, muito menos uma pessoa.

A energia pode ser entendida pela palavra "amor"; não se pode pensar e seria impossível tentar sentir o que poderíamos capturar para uso próprio. Com o simples fato de abrir as janelas da alma, as interconexões universais se encarregam de colocar tudo em perfeita sintonia. Diante desta demonstração de bomba atômica, perdemos o lugar onde já não existe o departamento de queixas. Muito menos dizer "me devolva os beijos que te dei". Quando nos corresponde viver, somente é concretizado.

Um dos maiores aprendizados com a Maga tinha a ver com o poder da energia. Logo que adentrei no conhecimento e transmissão da mesma, pude perceber que a maioria das coisas não tem explicação. O entendimento desde os aspectos científicos fica sempre, tanto na dúvida, quanto em novas pesquisas que corroborem sempre o que foi descoberto. O despertar da consciência, mais do que energia, é a ciência com menos fundamento sobre a Terra. Cada um deve viver o que lhe corresponde e diante disto não existe explicação possível.

Na América do Sul há uma população indígena cujos conflitos são resolvidos de uma maneira que pode parecer muito estranha para nós. Quando acontece uma guerra entre as comunidades, os guerreiros devem esperar pela sorte daqueles que foram feridos ou vitimados. Os membros de maior hierarquia da comunidade dão um lugar ao algoz ou agressor. Este permanece dentro da comunidade com apenas o privilégio de estar à vista de todos em sua rede, até conhecer o destino da vítima ou lesionado. Se a vítima da comunidade que foi incomodada falece, há duas possibilidades. A primeira é pendurar o corpo da vítima em uma árvore no meio da selva, para esperar que os vermes devorem seu corpo no tempo previsto. A segunda é cremar o corpo da vítima como ritual fúnebre. Em geral, este é o costume.

O que mais me impactou nesta história foi saber que o homem que espera na rede recebe, a todo o momento, sinais do que a comunidade está por decidir.

Se o homem chegar a ser pendurado na árvore dentro da selva, considera-se mais como uma vingança por parte da comunidade ofendida. Então nosso homem, que aguarda na rede, começaria a escarrar vermes pela boca, não muito tempo depois que sua vítima já falecida experimente o mesmo no corpo, já há tempo sem vida. Se acontecer o contrário, da mesma forma, no momento da cremação, o guerreiro que aguarda em calma começaria a expulsar cinzas pela boca durante vários dias, sem opção de poder lutar contra nada do que deve viver. Quer dizer que a sorte de um está ligada à do outro. O que acontece com um acontece o mesmo com o outro. Assim, o guerreiro que consegue preservar a vida presta honras a sua vítima e, de alguma maneira, nesse nível energético, tudo fica saldado. A vítima não encontra paz enquanto não seja vista ou reconhecida por seu perpetrador ou algoz.

Esta história compartilhada ou transmitida pela Maga me fez pensar e repensar muitas vezes e criar consciência em vários níveis. Tudo chega verdadeiramente a convergir ali. Poderosas conexões com cada pessoa em que pensamos ou que ainda pensa em nós são vividas dia após dia, além do físico. A maior ilusão do ser humano é acreditar que estamos separados.

O amor é uma conexão de pensamento. Difícil de acreditar.

Cada amanhecer ao lado da Maga acontecia o costumeiro ritual onde criamos consciência do anteriormente mencionado. Noventa minutos antes da saída do sol, é o momento onde o cosmo nos presenteia uma fonte de inspiração para ser criativos. Tudo está se despertando com tanta força, que podemos elevar o novo e renascer junto ao Universo. As pedras aproveitam para conversar e respeitamos que, em cada uma delas, encontremos um sábio em descanso. Respirar profundamente, sentir que o coração que possuímos é capaz de sorrir e, nesse momento elevar uma oração a todos os nossos seres queridos, aos que ainda existem neste plano, aos que já decidiram partir e aos novos que ainda irão chegar. As palavras giravam ao redor da gratidão por nosso corpo a cada manhã, órgãos, células, pela terra que nos sustentava aprendendo e valorizando o dia por vir.

O coração abraça o espírito. Viver em harmonia garante a conexão com o supremo, com o Universo. O corpo se sente liberado, as tarefas diárias deixam de ser tão pesadas e começamos a saber para que estamos nesta volta da vida. Nada disto se consegue sozinho. Todos nós seres humanos, ainda que não saibamos ou não tenhamos consciência, estamos ligados de uma ou outra forma. Viemos para ser empurrados ou para empurrar para que todos nós cheguemos. Foi assim que aprendi a nunca mais subestimar ninguém que estivesse à minha frente. A Maga e seu legado.

Assumir, então, a responsabilidade pelo realizado e suas consequências, é um caminho árduo, de crescimento. A culpa ou se fazer de distraído, definitivamente, não ajuda muito. Somente trariam piores consequências a cada dia.

Quem pretende estar no caminho da consciência, experimenta a possibilidade de abrir os olhos para saber que não há retrocesso ou cegueira possível. Uma vez que tiramos esse véu, podemos dar de cara com o mais escuro de nós mesmos, e não há outra coisa a se fazer do que continuar no plano que uma vez quisemos nos traçar. A Maga falou claramente:

- A vida é um assunto sério e sempre demanda uma força muito especial. Quem sabe disto e decide isto para sua vida, deve também saber que não há retorno possível. Cada novo passo será de mais exigência, na medida em que outros níveis de consciência vão sendo revelados para nós. Se se tratasse de um aviso de classificados, seria assim: "Busca-se gente com força de coração: preguiçosos de alma, por favor, se abstenham". A energia sempre escolhe seu caminhante e o que se mantém em movimento. Ninguém pode tirar de ninguém o que lhe corresponde. Primeiro a energia caminha internamente dentro de nós, logo nós a seguimos em silêncio e com respeito. A luz que encontramos dentro de nós são os faróis que iremos achar e utilizar para não voltar a tropeçar no caminho designado.

"Sejam todos bem-vindos"

De volta na casa antiga, caminho pelos corredores em direção ao meu quarto. Continua sendo cedo. Meus cabelos parecem molhados pelo dia. Pouca gente transita pelos corredores e jardins do lugar. No entanto, as flores e a paisagem não necessitam de testemunhas para serem notadas. Vou me abandonando, mais tranquila começo a sentir as mudanças internas. É difícil encontrar uma tradução prudente. Quero silêncio.

De um turbilhão de pensamentos para a calma de um rio que flui, começo a viver em imagens as folhas que dançam rio abaixo. Todas acompanham, nenhuma questiona a corrente e sua força oculta. Permitem-se. A entrega e o fluir contagiam o ar puro e vívido. Sou uma folhinha e sorrio descendo pela vida.

Retorno para mim logo após flutuar entre canais convertidos em novas possibilidades.

Tenho o dia livre e posso fazer o que quiser. Minha presença não é necessária diante da Maga e suas atividades. Sinto-me agradecida por poder contar com o espaço para estar em quietude e liberdade, depois do vivenciado à noite com meu cavalheiro.

Que transformação me atrevi a viver. Caminhei quase a manhã toda, percorrendo e investigando cada canto dos arredores da casa antiga e renovada diante de meus olhos. Meus pés descalços sobre a grama são um presente para a terra que me sente agradecida. Definitivamente há uma ou muita diferença. Já é quase meio dia e o sol é sutil na paisagem. Gosto do clima em meu rosto, que começa a saber sobre o calor. Um pensamento aparece em minha cabeça. Gosto da ideia que me ronda. Deixo que ela me anime a ponto de sentir sua persuasão. Faz tempo que não me levo para comer. Então, bem-disposta, com a decisão cheia de entusiasmo, subi até meu quarto e peguei minha carteira para um almoço bem merecido e especial.

- Hoje me convido para almoçar.

Há uma pequena vila a poucos quilômetros de distância e gostaria de desfrutar de minha própria companhia. Desta maneira procuro estar um momento comigo. Nada mais mágico que você mesma ser sua companheira de rota. Hoje não gostaria de estar com pessoas que possa utilizar, para percorrer o que ainda devo sentir. Hoje é minha vida comigo. Agrada-me minha companhia, tive que aprender a estar comigo. Após a longa caminhada pelo caminho que leva ao pequeno povoado, adentro em imagens que permitem se revelar diante do que desejo. Os locais me olham de maneira estranha, pois se nota no ar meu jeito de turista. Imagino que a forma como me visto chama a atenção deles. Minhas cores me acompanham e são tão vívidas, que é inevitável ignorá-las. Caminho com muita calma e observo cada coisa que tropeça comigo. Pequenas lojas ao longo da rua estreita, onde tudo o que é fresco e do dia é exibido fora, com liberdade e cor. As flores seguem sendo o prêmio da estação. Eu celebro como uma colheita interna ao observar. Após o final da rua estreita, imediatamente à direita, vejo um lugar onde gostaria de me sentar comigo. Um espaço bem arrumado com mesinhas na parte de fora, onde comemorar a festa na presença do sol. Parei na entrada; ao ler o cardápio gostei da oferta do local e seus pratos. Ninguém veio ao meu encontro. Dirigi-me a buscar uma boa mesa debaixo dos guarda-sóis de cores brilhantes. Agrada-me olhas as pessoas caminhando pela rua e imaginar histórias e contos. Mulheres, homens e crianças passam sem se dar conta da minha presença. Ainda assim todos vêm de seus pais assim como eu. Histórias estampadas em suas vidas que são usadas como motor diário para continuar. Somos tão espaciais que acabamos sendo os mesmos.

A toalha de algodão sobre a mesa é da cor verde água e foi pouco usada.

No centro um pequeno vaso, muito delicado, cheio de flores silvestres, me deixa encantada ao convidar-me para contar as pétalas de cada um. Me quer; não me quer; me quer; não me quer. Agora eu me quero. Assim passa o tempo enquanto espero pelo garçom e suas sugestões do dia. Novamente aparece a ideia de transformar o meu momento em um ritual. É um bom dia para isto. Sinto-me sagrada em minha companhia. Não olho tanto para fora, me mantenho dentro de mim e sigo me descobrindo para poder descobrir o amor comigo mesma. Há quatro cadeiras, devo escolher uma para mim e outra para meus convidados de hoje. Decidi sentar "a vida" a minha direita, tenho tanto a compartilhar com ela. A minha esquerda e se mostrando linda e poderosa, a convidada de honra, a "morte". Sinto a gratidão que vem dela por ter sido convidada e ser colocada à vista de meus caminhos. Na última cadeia que fica em minha frente permito sentar o "amor", esse que me ensinou o mais sagrado. Agora estou completa em meu ritual. Começamos a dialogar e a decidir o que seria bom para acompanhar um momento tão mágico. A conversa é um evento da realidade; falamos de aprendizados e da minha vontade de entender a verdade. Todos se movimentam como peças, todos têm algo para contribuir. Sou eu a que decide como e onde crescer. O medo faz com que nunca vejamos a vida em seu estado mais frágil. Na verdade, pode estar muito plena de tudo o que é autêntico e completa de desafios.

Os medos poderiam me mostrar as forças do verdadeiro poder para assim me conhecer.

Comemoramos então a existência como equilíbrio. Encontramos muito dentro das palavras sabedoria, fé e crescer. Um dia como poucos e agora como muitos... As horas transcorreram e o silêncio falava. Meus olhos me observavam quando podia fechá-los. Estou viva e todos me celebravam assim como eu. Talvez agora que possa falar de amor, somente fique em silêncio, amando. Entre vegetais e águas aromáticas de ervas locais o programa aconteceu. Um delicioso bolo de maçã foi o encerramento de ouro de nossa jornada, à qual agradeço infinitamente.

As montanhas no quadro se vangloriam do desfrute. As árvores me falam do momento que se aproxima, do que posso e deve vir para mim.

Estou pronta para retornar a casa e falar com a Maga. Talvez, sendo honesta comigo, consiga ter uma conversa que me leve a entender o que quero dela.

"Busca porque te buscam"

Não conseguir encontrar a Maga. Já de retorno na casa, pergunteipor ela por quase duas horas e ninguém tem respostas para mim. Ainda em sua ausência física aprendi que ela consegue estar além do mundo visível. Nada simples de entender para muitos. Sem te olhar, te olha. Escuta tudo por trás das paredes e sua dimensão desconhecida. Quando você consegue encontra-la o primeiro que te pergunta é exatamente por que razão você esteve se ocultando de si. Não te dá trégua. Está sempre contigo.

Passaram quase 24 horas do encontro com o sultão dos sonhos. Penso nele e no que poderia estar fazendo agora. Me sinto cansada fisicamente por tudo o que vivi. Me senti estranha sem conseguir encontrar a Maga. Este processo me faz sentir mais espiritual do que nunca. Uma consciência repleta de um silêncio que me guia e que me fala. Algo está acontecendo e nem me atrevo a prever meu futuro. Maga, você está aí?

Dos ensinamentos me lembrei de algo. Quando o espírito evoluiu de alguma maneira através da consciência, o corpo se vê obrigado a passar por uma forma de expansão uma verdadeira transformação. A consciência se expande e, como consequência, o estojo sagrado também se amplia. Mais vontade, mais vitalidade, mais responsabilidade. Se necessita um espaço ou recipiente que possa sustentar todas essas novas energias. Algo me diz que tenho que pagar o caminho andado. Nada é gratuito. Muito menos os processos que nos fazem crescer em nosso interior. Devo estar alerta ao que vai ser pedido em troca por esta transformação realizada.

Cada vez que recebo este tipo de conhecimento, tenho a sensação de que não posso controlar os mundos não palpáveis a meu capricho. O simples fato de estar ali já traz como consequência o alívio do meu estojo. Não pode ser de outra forma.

As palavras sábias da Maga em sua eterna expressão "busque porque te buscam" encontra o maravilhoso significado oculto de "você me buscava quando eu te encontrei".

Outra vez pressinto que o aprendido me levará a uma nova dimensão que desconheço. Sem surpresas aqui. Respeito e repito para mim frequentemente a palavra que é remédio, "calma", em muito daquilo de estar alerta. Não fazer igual, viver e mudar. Ainda mais profundo, que susto. A melhor forma de diminuir os sintomas de uma iniciação como esta, é tentar integrar com o tempo as ações que venham do novo. Aprendemos para fazer algo. Requisito exigido quando queremos cura, é curar a nós mesmos.

Não é prudente para o estojo sagrado sustentar tanta energia. Logo após o aprendido é importante uma pausa, para logo poder fazer algo com isto. Não é aconselhável guardar o aprendizado para si. Muito menos plagiá-lo. Curar é agir. Outro classificado poderia dizer assim: "Se buscam pessoas que pratiquem antes de predicar".

Percebo meu corpo um pouco inchado. Posso notar em minhas mãos e em meus pés. Uma leve dor de cabeça e garganta são o sinal do imediato. Minhas defesas estão baixas, tantas emoções em tão pouco tempo me adoeceram. Foi em um instante que me dei conta e já é muito tempo. Não tive a astúcia para administrar e fazer uma pausa. Me deixei levar pelo anseio de crescer como capricho. Devo me retirar para ficar comigo e o que vem. Disto tenho consciência. Um processo energético chamado doença nos tira de circulação por um momento, para dar chance ao corpo de assimilar e à alma de decidir a próxima jornada. Com mais ou menos força é somente a próxima jornada. Estou na minha cama olhando pela janela do terraço. Já não quero nem pensar. Me submerjo entre as cobertas como o ventre que me verá nascer de novo. Na escuridão espero o processo que me levará ao novo. Minha alma e meu corpo doem.

Na cama observo a marquise do teto que me cobre. Tenho frio e medo. Não quero fazer nada e não posso me mexer. Tudo dói e minha mente não coordena. Às vezes um pranto ancestral me abraça. Milhares de lágrimas brotam dos meus olhos sem saber um por quê. É uma metamorfose.

Consigo escutar as aves à distância, o vento e o rociar no ar que não se detém. A expansão de meus sentidos pode divisar e alcançar o impensável. "Estou morrendo" é a frase que repito incessantemente a mim mesma.

Ainda assim me atrevo a ser forte e olho as coisas o mais claras possível. Me permito sentir o processo que me leva a um lugar que desconheço. Escuto as tigelas ancestrais dentro de mim, as conchas marinhas repletas de oceano incapazes de se distanciar. Meu corpo é um galho de uma árvore que tem que se contorcer em silêncio diante da tempestade. A dor em meus ossos é insuportável, sinto que me quebram em duas e continuo sendo uma. Minha alma grita ao espírito que não deve esquecer seu corpo.

Quero renascer. Maga, você está aí?

Não consigo ver nada. Tudo está muito escuro, confundo a realidade com o anseio.

O que faço aqui? Quem sou? Por que ninguém sabe onde estou? Por que já não necessito me refugiar em ninguém? Nunca mais usar ninguém para me esconder de mim mesma.

Fecho meus olhos e vejo o mesmo. É minha sombra a que caminha de noite. Estou perambulando entre o cosmos e meu corpo. Calma. Sou valente e busco forças.

Prefiro me render. Silêncio.

A porta se abriu de forma repentina. De longe e na escura penumbra me parece ver a silhueta da Maga. Sinto o espaço parado, paralisado e o ar está muito frio. É minha impressão ou isto está realmente acontecendo? Ela está ali parada me observando e estou me enchendo de pânico. Seu silêncio me retumba e quero gritar.

Sem saber o que fazer, com poucas forças e quase sem vontade, a diviso e lhe mostro minha humildade. Sou frágil e quero falar, apesar da minha falta de língua. Pouco a pouco vem até mim e se aproxima. Sustenta minha cabeça com suas mãos, percebo seu cheiro muito particular. No mesmo espaço calado, com sua linguagem corporal e gestos, me faz entender que devo abrir a boca para tomar o que quer me fazer engolir. O que chega aos meus lábios e minha língua é o líquido quente que começa a ficar mais e mais amargo na medida em que entra em meu corpo. Por mais que tente tirar o rosto de poção tão horrível, é maior a força que faz para que entre em mim. Me aquieto e deixo que preencha minhas vísceras com o remédio que, imediatamente, sinto que deveria agradecer.

Ainda que não compreenda, neste silêncio estou mais confortável, estou me comunicando com ela sem soberbia. Gosto de não dizer nada e, ao mesmo tempo, dizer tudo. Sinto sua compaixão e um amor que brota de um lugar que não conheço. Pouco a pouco tirou minha roupa até ficar nua. Me sinto cuidada, protegida e amada. Esfrega meu corpo e cada parte de meu organismo com força com uma espécie de unguento. São suas mãos de curandeira as que me tocam. Ela me cura ou eu me curo? Maga... Em um instante comecei a sentir centenas de pequenas agulhas que me atravessam completamente. Muito consciente, estou atenta que não deveria lutar com a dimensão do que parece dor. Ainda assim estou enjoada e me custa respirar.

Estou em suas mãos e devo confiar. É agora que devo confiar. Já não entendo em que espaço estou. Me sinto transformada em um ponto onde parece que tudo fica muito estreito para mim. Poderia estar fora de meu corpo ou por acaso estou morta? Respiro, calma, confie.

Logo após ter me enchido de bálsamo, me cobriu com papel jornal. Devo estar com muita febre, pois meus lábios ardem e os tremores me deixam sem força. É estranha a sensação de me ver cheia de papel de prensa. No entanto, esta loucura pouco provável começa a virar alívio. A febre e a humidade tentam sair do corpo.

Sinto como a humidade abandona meu coração. A Maga pode curar o coração?

Talvez já está dentro dele fazendo isto faz tempo. Coloca minha roupa por cima do papel com muita calma. Dentro do difícil de definir o que está acontecendo e o doloroso de meu processo, acredito ter sentido seus lábios em minha testa. Pude respirar e chorar. Dói sentir amor. Este é um amor que não conheço. Maternal, supremo e magno. Não posso explica-lo, é questão de vivê-lo.

De repente o silêncio se quebrou e sua voz veio da luz. Tentava escutar algo, era difícil prestar atenção pelo tanto que estava atordoada. Continuei atenta. Falou entre murmúrios. Pude ouvir algumas coisas. Parecia um religioso ou um monge em meditação que, às vezes, deixava escapar algumas frases quase imperceptíveis de pegar.

- Não lute -, me dizia. – Estou aqui para falar com todo o seu ser em todos os seus planos -, prosseguia. – Seu corpo está em vias de saber de seu próprio espírito, tente ser honesta contigo mesma o quanto antes. Não se traia mais. O passado somente te ajuda a seguir no caminho se você aprendeu a lição. Não tenha medo, somente viaje sempre e para sempre. Caminhe.

Não soube mais de mim, devo ter desfalecido ou talvez perdi a razão.

Lembrava com atenção o pouco que alcancei escutar.

A febre continuava e eu já não sabia se o vivenciado era real ou um sonho.

Estou confusa.

Ao abrir meus olhos já não estava ou nunca esteve.

Quem me deu o remédio?

Quem me agasalhou com mensagens?

Voltava a lembrar o que tinha escutado dela ou de mim e os arrepios que quase eram convulsões retornavam.

Fazer amor com alguém rompe a alma de todos os que vieram antes. Deixe que seu corpo se encha de vida, faça com que a existência convoque sua perpetuidade. Se esconder atrás de sua pele não te ajudará, quem, não agradece seu corpo e não gratifica seu infinito caminhar, se perde. O universo pode se desgastar te dando oportunidades. Se veja com dignidade. Chegado o momento de abrir o coração, você ganhará a liberdade plena de poder abrir suas asas.

Vi ela de longe mais uma vez, tive a cautela de acreditar no irreal do momento. Era meu desejo saber o que ela era. Meu desejo fazia com que sua sombra se confundisse com a minha.

"Nada a se fazer, tudo está feito"

As luzes do amanhecer se atreveram a me despertar pouco a pouco.

Lembro vagamente que acordei em meio a um silêncio profundo.

Tudo parecia em ordem dentro de meu quarto.

Nada estranho acontecia.

Fui me incorporando pouco a pouco. Ainda estava enjoada e nauseabunda.

Comecei a perceber que meus sentidos estavam diferentes... Via com mais brilho, sentia o cheiro e sabor dos lençóis, era capaz de perceber o vento que ainda estava despertando com a manhã.

Meu coração explodia de amor; suspirava e respirava, agradecia e quase dançava comigo. A experiência de sentir um amor que nunca pude me dar conta era algo a ser considerado, que experiência estava vivendo. Meu corpo ainda ensopado de suor destilava água sagrada, assim pude vivenciar...

Quando pude notar meu estojo sagrado, me dei conta de que ainda estava envolvido em papel jornal. Comecei a retirá-lo pouco a pouco. Enquanto via com atenção a data impressa na prensa, imagens e uma linguagem que eram estranhas ao meu entendimento, me diziam: "notícias velhas".

Tudo fica para trás.

Estava com muita sede, faminta e estava viva. Lembrava do transe em que estive. Não podia comparar a experiência que tinha vivido com nada parecido, inclusive o trajeto das plantas sagradas que alguma vez me presentearam caminhos.

Minha mente se atreveu a espiar. E de forma sutil me questionei de forma diferente.

Percebi que a nova estrutura romperia os esquemas do que estava por vir.

Agora teria que velar por mim. Me fazer sentir segura em meu propósito era a missão mais importante e já tinha um dos maiores sinais ao me perceber dona de minha vida.

Era questão de esperar com paciência. "as mudanças são sempre oportunidades maravilhosas", repetia para mim mesma incansavelmente.

Entusiasmada, alegre e agradecida, tirei o que vestia. Em uma nudez completa saí até o terraço. Agradeci infinitamente minha humilde moradia que tinha sido testemunha da minha vontade de crescer e curar. De longe pude observar o varal de roupa da casa. Toalhas de mesa e lençóis brancos se permitiam escutar como aplausos nutridos pelo vento. Olhei para o tênue brilho das últimas estrelas e planetas que se opunham a se ocultar dentro da luz do dia. Pude sorrir e minha alma sentiu uma satisfação muito particular.

Me permiti presentear espanto quando notei que os sons eram mais nítidos.

Ecos novos misturados com os antigos tornavam a sinfonia perfeita. Mais alerta, respeitava o processo de ter despertado para uma nova dimensão. Cada gota de orvalho ia deslizando em minha alma. Comecei a saborear o aroma das árvores que me observavam. Meu corpo em unissonância com a terra, me deixava ver minha própria essência.

Observei o cosmos amanhecendo lentamente. A grandeza das constelações me agasalhava. Tudo girava e agora eu girava com o todo. Estava renascendo e não negava a expansão e o alcance.

Maga, você está aí?

O contentamento me deixava ser descoberta, pois queria gargalhar sem saber por quê. Gostava de me escutar.

As pedras sábias estavam húmidas e os pequenos grilos se escondiam ruborizados ao me ver feliz.

Não sou a mesma. Deixarei que os demais me descubram quando eles consigam ver a si mesmos em mim.

Sinto que me adentro em um caminho cheio de silêncio e pouca explicação. Não necessito saber do amor, muito menos busca-lo, mendiga-lo ou sofrê-lo.

"Eu sou tudo que está além das palavras". Estou leve em meus braços, que terminam em asas.

Olhos como faróis que guiam desde dentro. Escuto as ondas do oceano e, uma por uma, arrebentam em meus pés sólidos.

Sinto a expansão. Estou fundida com o Universo.

Fiz uma viagem em segundos fechando os olhos e sentindo que estava no ventre de minha mãe. Parecia que via estrelas e tudo o que formava o vasto Universo.

Tive a sensação de ser sustentada e olhar para o céu como se cobrisse o mais sagrado que tenho, a terra que piso.

Ver a familiaridade desse céu e compará-la com a sensação de estar dentro de minha mãe é o presente.

Chegou a hora de aterrissar e seguir. O tempo tinha sido justo e amável comigo.

Quis correr e procurar a Maga, abraça-la e dizer a ela em silêncio que tudo estava em ordem, a lição tinha sido aprendida.

Me apressei dentro do quarto e me vesti com o que pude encontrar. A única coisa que me importava era subir e encontrar a Maga.

Antes de tocar em sua porta, me detive. Fiz uma pausa. Senti um imenso respeito por ela. Seu espaço e moradia deviam ser sagrados.

Recapitulei em minha mente o que devia dizer. Estava inquieta e alegre. Queria compartilhar com ela toda minha vivência.

Toquei em sua porta várias vezes, esta nunca se abriu. Nada acontecia. No entanto, escutava barulhos dentro do quarto e conseguia ver a luz de uma lâmpada que tinha ficado acessa mesmo sendo de dia. Maga...

Esperei o tempo que considerei prudente. Então decidi fazer uma caminhada perto do bosque que rodeava a antiga casa.

Maga, minha Maga... Para onde você foi? Você foi? Você está? Maga? Caminhava e caminhava. Maga.

Esperei a saída do pai Sol por completo. Sentia a terra com sons de tambores debaixo de meus pés.

A celebração de meus ancestrais e uma força sagrada que me acompanha faziam do começo do dia uma festa extraordinária. Maga...

No caminho, e logo após um longo tempo andando, recolhia todas as penas que as aves me presenteavam em forma de sinais. Pensava que devia guarda-las e começar a construir minhas próprias asas para o dia que me correspondesse voar. Queria ter um par de lemes bem construídos de caminhos e sinais, para assim levantar um voo seguro.

Agora sabia que não podia parar. Mais caminhos iriam trazer mais penas e assim um voo eterno e seguro.

Retornei para a casa antiga, meu caminho dos últimos dias. Ao entrar pelo costumeiro corredor que limitava com a área do café da manhã, notei o estranho olhar que todos me davam.

Não entendia o que estava acontecendo e me parecia incômodo sustentar tanta energia.

Por um momento cheguei a pensar que continuava nua e isso era o que provocava curiosidade e alarme.

Tive o cuidado de checar minha vestimenta, que talvez era o motivo. Quase sempre estamos ocultos.

Sorria comigo mesma.

Em meus pensamentos silenciados e diante de tantos olhares estranhos, disse a mim mesma: "O que os demais podem entender dos processos que correspondem a cada um de nós viver?".

Nada, certamente que nada. Assim que o silêncio começava a ser meu melhor ritual para deixar os outros em suas próprias respostas.

Me sentei no sofá onde pude saborear meu café matutino uma vez mais. Na medida em que as pessoas desfilavam em meu entorno, sentia alegria de apenas poder observar. Gostava da maneira como eles também me observavam com respeito e gratidão por minha existência nessa manhã.

Terminei meu café e agradeci o espaço que me concederam sem perguntas ou intromissões. O silêncio que me procurava agora atendia a uma conversação comigo e que devia responder.

Pude experimentar a pouca necessidade de luta ou angústia de seguir buscando algo fora de mim.

Tudo estava completo e pertencia à diversidade. Finalmente me senti em casa. Não havia lugar mais belo que esta moradia dentro de mim.

Meu pedaço de propriedade estava florescendo como magia e queria dar as boas-vindas a todos. Estava me amando para poder amar.

Descansei um tempo a sós em meu quarto após a caminhada e o café. Necessitava do espaço de tranquilidade mais do que outra coisa.

Era ali onde me parecia mais fácil produzir vida consciente. Já não pensava tanto na Maga. Tudo se transformava segundo a segundo.

Me dispus a arrumar as malas porque havia chegado o momento de concluir tudo o que tinha começado.

Faltava a jornada desse dia e estava consciente de que estaria ao lado da Maga para compartilhar o mais sagrado dela, sua presença. Descobri-la como algo novo era um desafio.

Revisei minha bagagem e seu conteúdo com cuidado. Enquanto arrumava as malas, me dei conta do estranho que se sentia olhar para os meus vestidos. A sensação que me chamava a atenção era sentir que não eram meus. Parecia roupa emprestada. Me perguntava onde eu estava quando decidi comprar tantas coisas que agora não eram nem a sombra de minha luz.

Tive que rir de mim. Tomei a decisão de ficar com o básico. Queria uma bagagem leve e autêntica. Algo que me permitisse viver com a vida.

Pensei no cavalheiro e sua armadura; na tatuagem da minha alma; na família; meus filhos.

Tudo se deteve no tempo em outras formas. Companheiros de destinos, caminhantes dos mesmos caminhos, vezes após vezes em muitas vidas e sequências.

Somente faltava ver a Maga e guardar silêncio diante de sua presença e sua rota.

Bela mulher, cheia de sabedoria, paciência e caminhos.

A experiência de cada instante te faz heroica e nunca ninguém deve ou pode tomar o que você viveu.

Amável de coração, você se abre para ensinar o doce e o salgado de uma vida com dignidade para quem queira.

Aposta nas novas experiências, boas e não tão boas. "Não existem dias ruins, somente dias de crescimento". A curandeira de almas, esse é seu nome, cheia de plantas de poder com as sementes que abrem a alma, você acompanha na semeadura pois sabe da terra e sua dimensão. Agora olha as estrelas e sente o frio que é capaz de te transportar para a calidez.

Confie em seus passos, perceba os caminhos que deve concretizar. Chegou a hora. É hora de fechar para abrir. Terminar o trabalho que começamos para seguir no compromisso que devemos continuar.

Já estou pronta para descer com minha bagagem muito mais leve. "Meu escritório agora deve ser o caminho".

Me agrada escutar o som dos colares que me acompanham. Sinto cada passo que dou com gratidão. Chegou a hora de transcrever ao Universo. Conhecimento de mãos cheias para o que a magia queira.

A porta se abre e dou graças a Deus. Há um silêncio sacro. Esperam minha chegada com entusiasmo.

A terra se alegra ao se ver protegida em rituais de gratidão.

A Maga aparece.

A Maga é celebrada por sua própria magia.

A Maga chegou.

A Maga que agora sou.

Quero lhe sussurrar no ouvido e talvez
você possa me escutar. Tudo está sempre
concebido em sequências perfeitas;
um ponto aqui, um espaço lá.
Una os pontos e trace o inexplicável,
traduza a língua que fala em silêncio.
As histórias nascem, crescem, se reproduzem
e se transformam, nunca morrem.
As páginas que seguem
são o caminho para ti.

Maga, você está aí?

RECONSTRUCTIVE
INTERNATIONAL
INTEGRATIVE
HOLISTIC SCHOOL

www.ingramcontent.com/pod-product-compliance
Lightning Source LLC
Chambersburg PA
CBHW051305250626
47155CB00009B/3441